I'm 我識出版社
I'm Publishing.

I'm 我識出版社
I'm Publishing.

I'm 我識出版社
I'm Publishing.

Bonjour

圖解 法語王

4天學會基礎法語

發音課

1 法語發音一看就會唸

對尚未接觸過法語的初學者來說，法語發音乍聽之下似乎很拗口。本書精心研究出最簡單易瞭的發音技巧，對照英文KK音標以及台灣讀者最熟悉的注音符號輔助發音，搭配法籍老師親自錄製的MP3，保證打造出一口道地的法式腔調。不管碰到再複雜的單字，一看就會唸！

2 手指法語單字，輕鬆學習發音規則

發音課分為母音篇、子音篇、特殊發音篇以及法語特殊發音規則。每一個發音規則皆搭配多個單字，並附上全彩插圖幫助聯想並記憶單字。不論是以圖像記憶單字，或是以手指法語的概念遨遊法國，保證讓你溝通無障礙。

 詞彙課

3 法式日常生活基礎詞彙

26個日常生活基礎單字分類，豐富的單字包含最基本的食衣住行常用單字，衍伸至法國最負盛名的美術館、時尚潮流，甚至是紅酒以及美食。想要體驗法式生活，絕對要學會這些最時髦的單字。

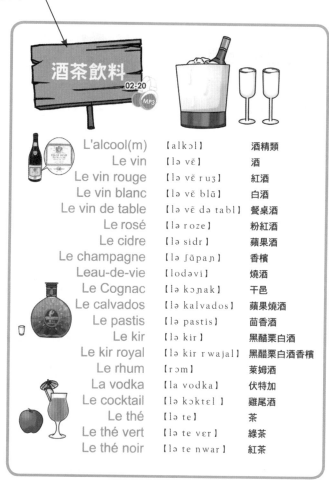

酒茶飲料
02-20 MP3

L'alcool(m)	【alkɔl】	酒精類
Le vin	【lə vɛ̃】	酒
Le vin rouge	【lə vɛ̃ ruʒ】	紅酒
Le vin blanc	【lə vɛ̃ blɑ̃】	白酒
Le vin de table	【lə vɛ̃ də tabl】	餐桌酒
Le rosé	【lə roze】	粉紅酒
Le cidre	【lə sidr】	蘋果酒
Le champagne	【lə ʃɑ̃paɲ】	香檳
Leau-de-vie	【lodəvi】	燒酒
Le Cognac	【lə kɔɲak】	干邑
Le calvados	【lə kalvados】	蘋果燒酒
Le pastis	【lə pastis】	茴香酒
Le kir	【lə kir】	黑醋栗白酒
Le kir royal	【lə kir rwajal】	黑醋栗白酒香檳
Le rhum	【rɔm】	萊姆酒
La vodka	【la vodka】	伏特加
Le cocktail	【lə kɔktɛl】	雞尾酒
Le thé	【lə te】	茶
Le thé vert	【lə te vɛr】	綠茶
Le thé noir	【lə te nwar】	紅茶

4 專業法籍教師錄製MP3，說出一口道地法文非難事

詞彙課的每個單字發音皆由法國籍的專業教師錄製，法式發音字字分明又道地，讓你聽清楚每個單字和音節最正確的發音方式。搭配全彩圖像，原來學習法語可以這麼輕鬆。

 文法課

5. 由淺入深解釋法語必備基本文法

捨棄教條式的解說方式，以最貼切與精簡的文字解析法語。每句拆解並且逐字逐步列舉文法與語意。此外，本書更以例句解釋文法規則，不只加深讀者的印象，更讓初學者能體會句子的意義。

1. 名詞

❶ 陰性與陽性名詞

法語的名詞可區分為「陰性」與「陽性」，例如téléphone（電話）是陽性名詞而télévision（電視）是陰性名詞；若一組陰性複數名詞中加入一個陽性名詞，則整組變成陽性複數名詞，例如三位女學生的詞性是陰性複數，若多了一位男學生則變成陽性複數。

  (1) 陰性名詞簡易辨別法

    ① 大部份以e或té結尾的名詞。

     例如 école（學校）、université（大學）

    ② 以tion、sion或ence結尾的名詞。

     例如 conversation（對話）、télévision（電視）
     （經驗）

  (2) 陽性名詞簡易辨別法。

    ① 以eau或ment結尾的名詞。

     例如 bureau（辦公室）、mouvement（動

    ② 以isme或oir結尾的名詞。

     例如 impressionisme（印象派）、soir（晚上

03-09

15. 生活口語短句馬上說

❾ 求助與幫助

老外都這樣說

[o səkur]

Au secours !
救命啊！

文法解析：Au是由介系詞à碰上陽性單數定冠詞le合併而成，secours是陽性單數名詞表示「救護」，這句話比較適用在自己遭遇突然的攻擊或當外時求救用。

6. 生活口語短句馬上說，隨時秀法語

16個最有代表性的心情主題，不論處於何種心情，不論碰上哪種狀況，本書貼心設計最貼近日常生活的「生活口語短句馬上說」，主題涵蓋各式情境，讓你1天24小時都能滔滔不絕說法語。

會話課

7 最貼近法式生活的情境對話

涵蓋20個主題，40個模擬情境。場景以巴黎生活為主軸，穿插各種法國生活情境或者和法國人交流時最有可能面臨的實際場景，打造身處法國般的學習環境。保證初學者能夠現學現賣，輕鬆學會法語會話。

20. 主題｜浪漫約會

場景 action! 1
馬克對乃文有好感約乃文吃晚餐。
04-39 MP3

Dialogue

Marc : J'ai réservé une table dans un bon restaurant.
Naïwen : On y a.
Marc : Tu es très charmante ce soir.
Naïwen : Toi aussi. Tu es beau.
Marc : Je me sens bien avec toi.
Naïwen : On s'entend bien.
Marc : Je te ferai un repas la prochaine fois chez moi.
Naïwen : Oui, je veux bien.

會話情境

馬克：我訂了一家很棒的餐廳。
乃文：我們走吧。
馬克：你今晚好迷人。
乃文：你也是，你很帥。
馬克：我很喜歡和你在一起的感覺。
乃文：我們還蠻合的。
馬克：下次你可以來我家，我做菜給你吃。
乃文：好哇，我很樂意。

會話拆解字

句中原文	原形	詞性	中譯
réservé	réserver	第一組動詞	訂位
une table	table	陰性單數名詞	桌子
charmante	charmante	陰性單數形容詞	迷人的
s'entend	s'entendre	代動詞	相處
un repas	repas	陽性單數名詞	一餐

關鍵文法

1. 訂桌的表達方式：réserver une table
   原文J'ai réservé une table dans un bon restaurant.（我訂了一間不錯的餐廳。）
   活用Je vais réserver une table pour l'anniversaire de Naïwen.（我來訂餐廳慶祝乃文的生日。）

2. 形容詞的陰陽性：由主詞的陰陽性與單複數來決定，乃文是陰性單數所以使用charmante（迷人的）的陰性單數型；beau（帥氣的）為陽性單數形容詞修飾馬克。

8 四位主要角色帶領讀者體驗法國

活潑有趣的人物問卷，讓你更加瞭解會話課四位主角的個性及喜好，大大增添互動式的學習趣味，藉著法國留學生與法國朋友的角度看法國，學習法語零距離。

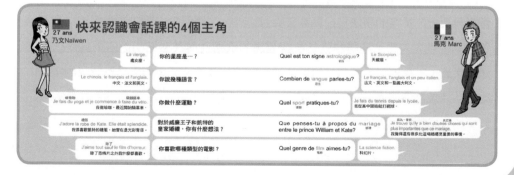

快來認識會話課的4個主角

27 ans 乃文Naïwen

27 ans 馬克 Marc

	你的星座是…？	Quel est ton signe astrologique?	
La vierge. 處女座。			Le Scorpion. 天蠍座。
Le chinois, le français et l'anglais. 中文、法文和英文。	你說幾種語言？	Combien de langue parles-tu? 語言	Le français, l'anglais et un peu italien. 法文、英文和一點義大利文。
做瑜珈 Je fais du yoga et je commence à faire du vélo. 我做瑜珈，最近開始練腳踏車。	你做什麼運動？	Quel sport pratiques-tu?	Je fais du tennis depuis le lycée. 我從中學就打網球了。
J'adore la robe de Kate. Elle était splendide. 我很喜歡凱特的禮服，她穿在身上好美哦。	對於威廉王子和凱特的皇家婚禮，你有什麼想法？	Que penses-tu à propos du mariage entre le prince William et Kate? 婚禮	Je trouve qu'il y a bien d'autres choses qui sont plus importantes que ce mariage. 我覺得還有很多比這場婚禮更重要的事情。
J'aime tout sauf le film d'horreur. 除了恐怖片之外我什麼都喜歡。	你喜歡哪種類型的電影？	Quel genre de film aimes-tu?	La science fiction. 科幻片。

法語—不僅僅是一種語言，更是一種生活態度

　　當人們提及法國或法語時，最先想到的不外乎是**浪漫的語言與多情的民族、令人陶醉的艾菲爾鐵塔及塞納河畔、引領世界潮流的時尚產業和高貴精緻的美食與品牌**。不可否認的是，這片面積為台灣近十倍左右的土地的確孕育許多影響當代社會、文化或思想的鬼才與學派。法國是一塊自由的土地，融合各式思想、各類人種；不論是狂妄、偏執亦或是低調…等種種特質都能在這片八角大地上找到容身之地。然而，包容上述一切特色的就是法語這個語言。如同畫家作畫調色時所使用的溶劑，法語忠實記錄法國文化與思想，也真實反映出法國人民的性格與風土民情。正因如此，**學習法語是體驗並瞭解這片土地最直接的方法**。

　　近十年來，法國與我們的交流日益頻繁，不論是在**生物科技、醫學、科學**等領域上的交流，或是歷年來受邀至法國參加各**大小節慶演出的表演團體**數目也不斷增加，法國在學術界與藝文界的魅力依舊如旋風般無法抵擋，並在全球佔有一席之地。這些學術文化交流不僅證明法國對台灣感到高度的興趣外，也代表台灣在許多方面受到法國的青睞。此外，**隨性卻又不失優雅的法式生活逐漸成為現代人崇尚的生活目標**，不論是法式料理、甜點、麵包、紅酒、甚至是生活態度等都讓許多人趨之若鶩。法式生活幾乎成為「**優雅品味**」的代名詞；許多廣告以及文宣甚至開始使用法語；許多**法式餐廳**以及**法國高級名品**也紛紛進駐。隨著法式生活越來越平易近人，想要學會法語也不再是可望不可及的夢想。

　　一般人第一次接觸法語時，通常都覺得這是個困難又艱澀的語言，除了二十六**個字母**和一些**單字的拼法**長得與英文相似之外，法語似乎與習以為常的英文毫不相干，其中最令人聞風喪膽的就是法語名詞的陰陽性與其惡名昭彰的動詞變化及文法。然而，千萬別因此就喪失學習法語的動力，其實法語是非常具有邏輯的語言，學習法語就像是堆疊積木般地有條理。法語在某些程度上與英文也有許多相似之處，不只是單字的拼法及意義相似，有時連表達的方式與意涵都頗為類似。最重要

的一點就是必須一步一步紮實的學，並且選擇一本能夠有效幫助初學者建立信心與入門的書籍。

在法語逐漸成為熱門外語的同時，我有幸為法語學習付出一份心力並貢獻自己的所學所聞。我認為學習外語不該單單著重於技術，因為**學習語言的重點在於成為溝通的媒介**，並擔綱傳遞訊息與分享文化的橋樑。因此，本書的目的在於讓初學者能夠建立學習法語的信心，發掘法語幽默風趣的一面。我希望透過**實用且生活化的方式**，以淺顯易懂的說明帶領讀者進入法語的世界，讓讀者能從零開始，一步一步地輕鬆駕馭法語，最後**將法語自然而然地融入日常生活**。

《圖解法語王─4天學會基礎法語》的特色：

全方位的內容

本書編排從**基本發音**開始，帶領讀者拆解法語每個看似神祕的音符。學完發音後，本書將重點著重於**基礎文法**與實用的**單字詞彙**，讓讀者有效掌握法語的**文法精髓**與**實用句型**，同時有條理的列出**實用詞彙**做為最佳的單詞後援補給站。掌握法語基礎文法及語法結構後，本書精心安排完全符合日常生活的**對話場景**，讓讀者能夠一窺法國人的生活場景及生活態度。本書的每一章節都經過精心設計安排，保證能使讀者體驗全方位的法語學習環境與態度。

人性化的解說

捨棄教條式的解說方式，以最貼切與精簡的文字解釋法語。本書**每句拆解**並且**逐字逐步列舉與解析文法與語意**，如此一來，初學者在自學時，絕對不會面臨疑惑不解的情況。此外，本書以舉例說明文法規則的方式加深讀者的印象，讓初學者更能體會句子的意義。

實用的場景與句型

學習語言最重要目的以及最實用的功能就是與人溝通。本書**會話篇**的場景故事性十足，故事內容及對話串連四名主要角色，對話場景**以巴黎生活為主軸**，穿插各

種法國生活情境或者和法國人交流時最有可能面臨的實際場景，不論在法國生活或旅遊，只要熟悉這些會話，保證初學者能夠現學現賣，自然地使用與這些場景有關的對話。

　　學習語言的旅程中難免會遭遇疑惑與煩惱，然而，學習法語是體驗法國的必經之路，學習過程應該不斷保持熱忱與好奇心。此外，法語與拉丁語系的語言也有密不可分的關聯，是一門值得細細品味的語言。在此，我希望與讀者分享一些學習法語的小方法：**熟記單字並且多閱讀**。不妨多利用網路觀看法國節目或閱讀文章；**時時保持一顆靈活的頭腦**，善加利用聯想力，並試著在生活中活用已習得的法語句型。若能善用這些學習祕訣，絕對可以磨練對法語的敏銳度。

　　我相信每位學習法語的讀者都抱持不盡相同的動機與想法，希望這本書能發揮其微薄的力量，帶領讀者進入一個截然不同的世界，體驗法式文化藝術與其與眾不同的生活方式。從今爾後，法語不單單只是一個來自遙遠國度的浪漫語言，法國也不再只是海外旅遊的熱門選擇，而是代表一種獨特的生活方式與態度。

Chi-Hsuan Teng.

2011年6月

喬鹿Louis Jonval談法語

Ce livre que Chi-hsuan vous propose est en fait le résultat d'une amitié entre lui, un francophone averti, et moi un français. J'ai été surpris de rencontrer un taiwanais qui, non seulement, parle et écrit trés correctement le français mais connait , et ô combien cela est important, la culture française dans son sens le plus large.

Ce livre est une première approche de la France qui ne se résume pas à la Tour Eiffel ou au museé du Louvre.

Ne croyez pas que la langue française soit une langue difficile à apprendre, ceci est TOTALEMENT faux. Si certes la grammaire semble quelque peu rébarbative je vous conseille d'apprendre un certain nombre de mots et de les prononcer correctement puis par la suite et SEULEMENT par la suite vous apprendrez la grammaire, mais déjà avec un certain nombre de mots vous pourrez communiquer...et peut être de rencontrer un français avec lequel vous pourrez dialoguer.

Je vous souhaite donc la bienvenue dans mon pays!

這本書的誕生源自於一段友誼，一段介於我和繼宣、也是一位法國人與一位法語愛好者之間的友誼。能夠結識這位台灣人讓我感到驚嘆不已，因為繼宣不僅懂得如何精確地運用法語，更重要的是，他對法國文化有著十分深刻的體會。

與其說這是一本單純介紹艾菲爾鐵塔或羅浮宮等觀光景點的書，本書其實更像是一份邀請函，熱切地邀請所有讀者體驗法國。

千萬別認為法語是個難以學習的語言，這完全是個天大的誤會。不可否認，法語文法似乎艱深又難纏，但我建議先從詞彙作為學習法語的開端，並著重於法語發音的正確性。達成這個目標後，再開始學習文法，因為唯有腦海中裝有足夠的詞彙後才能開始溝通及活用法語。又或者，您也可以試著交一位法國朋友，並嘗試與這位朋友以法語溝通、對話。

在此獻上誠摯的祝福，並歡迎您拜訪我的國家。

Amicalement
喬鹿 Jean-louis JONVAL

Leçon
第1堂 發音課
● 法語發音輕鬆入門

Leçon
第2堂 詞彙課
● 法語日常生活必備詞彙

Leçon
第3堂 文法課
● 法語基礎文法輕鬆學

CONTENTS 目　錄 ··

Leçon
第4堂 會話課
● 法式生活必備情境會話

第1堂

發音課
法語發音輕鬆入門

❶ 母音篇 ❷ 子音篇 ❸ 特殊發音篇
❹ 法語特殊變音規則

|法語常識小問答|

問： 法語字母上為什麼有時候會出現左撇、右撇的符號？

答： 由於法文是見字發音，這些左撇、右撇或其它符號其實是做為提示發音的標記，例如mais【mè】（但是）以及maïs【mais】「玉米」；除了提示發音外，還有表示時態的用途，例如mangé表示「吃過了」，此外有些符號則記載了古法文遺留的痕跡，例如長音符 ˆ 代替了古法文的s，例如古法文的forest「森林」變成現今的forêt。

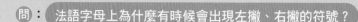

island
isle
île

問： 法文的小舌音【r】是什麼？

答： 大部份人因為小舌音【r】覺得法文發音困難，掌握小舌音發音技巧雖然重要，但是事實上，現在除了老歌中可以聽到清晰的小舌音之外，法國人說話時並不會刻意發小舌音。當然根據地方或區域會有所不同，但普遍來說，現代的法國人並不如以往崇尚小舌音。法文的美麗與憂愁大部份來自於小舌音，法國人覺得小舌音不悅耳，但也因為小舌音改變法文的音律與節拍，使得法語聽起來更具魅力與慵懶。

法語字母及發音一覽表

A	B	C	D	E	F
【a】	【be】	【se】	【de】	【ə】	【εf】
G	H	I	J	K	L
【ʒe】	【aʃ】	【i】	【ʒi】	【ka】	【εl】
M	N	O	P	Q	R
【εm】	【εn】	【o】	【pe】	【ky】	【εr】
S	T	U	V	W (double V)	X
【εs】	【te】	【y】	【ve】	【dubləve】	【iks】
Y 【I grec】	Z				
【igrεk】	【zεd】				

法語音符簡介

1 閉音符 → l'accent aigu：出現在 é，例如：été（夏天）

2 開音符 → l'accent grave：出現在 è, à, ù，例如：lèvre（嘴唇）、là（這裡）、où（哪裡）。

3 長音符 → l'accent circonflexe：出現在 ê, î, û，例如：forêt（森林）、île（島嶼）。

4 分音符 → le tréma：放在母音字母上，表示與前面母音分開發音，例如：naïf（天真的）、maïs（玉米）。

5 軟音符 → la cédille：ç發【s】，例如leçon【ləsɔ̃】（課程）。

1. 母音篇

a [ʌ]

01-01
MP3

1-1 單母音

發音技巧

發音時嘴巴自然向上下張開，舌尖微微頂住下排牙齒，
讓空氣自然流出震動聲帶。
什麼時候發【a】？
當法文單字出現「a」和「à」的時候。

老外 教你學發音

a 的發音與注音「ㄚ」或與英文KK音標的【ʌ】音相近。

一起 說說看 ｜ 馬上學、馬上說說看。

ça va
【sava】
你好

Nathalie
【natali】
娜塔莉

là-bas
【laba】 那裡

La Gare
Paris — Lyon

à la gare
【a la gar】
在火車站

1. 母音篇

a [a]

01-02 MP3

①-1 單母音

發音技巧

與【a】相同，但嘴巴上下張開幅度較小，聲音聽起來比【a】音來的短促簡潔。
什麼時候發【ɑ】？
① â　② 單音節的as　③ 單音節的asse

老外教你學發音

a 的發音與注音「ㄚ」或與英文KK音標的【ɑ】相似但更為短促。

一起說說看 | 馬上學、馬上說說看。

pâte
【pɑt】
義大利麵

âme
【ɑm】
靈魂

gras
【grɑ】 油膩的

classe
【klɑs】
班級

1. 母音篇

e [e]

01-03
MP3

❶-1 單母音

發音技巧

發音時嘴角略微向左右拉開，舌尖稍微頂住下排牙齒，讓氣流自然送出，記住這是單母音，尾音結束時不要發出類似「壹」或與英文KK音標的【i】，發成錯誤的【éi】音！

什麼時候發【e】？
①e ②é ③字尾er ④字尾ez

老外教你學發音

e 的發音接近注音「ㄝ」或與英文KK音標的【e】但沒有尾音【i】。

一起說說看 ｜ 馬上學、馬上說說看。

essayer
【eseje】
嘗試

été
【ete】
夏天

manger
【mɑ̃ʒe】
吃

assez
【ase】
足夠的

1. 母音篇

[ɛ]

ɛ

01-04
MP3

1-1 單母音

發音技巧

不同於【e】的嘴型，發音時嘴唇不向左右拉開而是略微向上下拉開，舌尖微微頂住下排牙齒，讓氣流自然送出，記住這是單母音，尾音不要不自覺地加上了KK音標的【i】音而發成【ɛi】！

什麼時候發【ɛ】？
①e ②è ③ê ④ai

老外教你學發音

ɛ 的發音與注音「ㄟ」或與英文KK音標的【ɛ】類似。

一起說說看 | 馬上學、馬上說說看。

test
【tɛst】
測試

mère
【mɛr】
母親

tête
【tɛt】
頭

fraise
【frɛz】
草莓

1. 母音篇

Ø 【ʌ】

01-05
MP3

1-1 單母音

發音技巧

發音時舌尖頂向下排牙齒，吐氣發音時雙唇必須向前略擠成圓形狀。
什麼時候發【Ø】？
① eu ② oeu

老外教你學發音

Ø 的發音接近注音「ㄜ」或與英文KK音標的【ʌ】，但嘴型更圓。

一起說說看 ｜ 馬上學、馬上說說看。

feu
【fø】
火

dieu
【djø】
上帝

voeu
【vø】
願望

noeud
【nø】
繩結

1. 母音篇

œ [ʌ]

01-06 MP3

1-1 單母音

發音技巧

發音方式與【∅】類似，但嘴巴的開口幅度更小也比較扁平。
什麼時候發【œ】？
① eu ② eur ③ oeur

老外教你學發音

œ 的發音接近注音「ㄜ」或與英文KK音標的【ʌ】，但嘴型更為扁平。

一起說說看 | 馬上學、馬上說說看。

jeune
【ʒœn】
年輕的

seul
【sœl】
孤獨的

chanteur
【ʃɑ̃tœr】
歌手

coeur
【kœr】
心

[ə]

ə

01-07
MP3

發音技巧

❶-1 單母音

發音方式與【œ】相同，只出現在非主要音節中，發音時輕聲帶過就可以了。
什麼時候發【ə】？
① e

老外教你學發音

ə　的發音與輕聲的注音「ㄜ」或與英文KK音標的【ə】類似。

一起說說看

 馬上學、馬上說說看。

premier
【prəmje】
第一個

cheval
【ʃəval】
馬

melon
【məlɔ̃】
哈密瓜

recette
【rəsɛt】
食譜

1. 母音篇

i 【i】

01-08
MP3

發音技巧

1-1 單母音

發音時嘴角向左右兩側拉開，唇型扁平。
什麼時候發【i】？
① i ② î ③ ï ④ y

老外教你學發音

i 的發音與注音「一」或與英文KK音標的【i】類似。

一起說說看 | 馬上學、馬上說說看。

diligent
【diliʒã】
勤勉的

île
【il】
島

naïf
【naif】
天真的

synonyme
【sinɔnim】
同義字

Angry =

1. 母音篇

O [o]

01-09
MP3

❶-1 單母音

發音技巧

請勇敢並大力地將嘴唇噘起做出圓形狀，舌頭後部抬起，舌尖離開下排牙齒，讓氣流自然送出，切記【o】是一個簡潔短促的單母音，發音途中千萬要維持圓形嘴型，才不會發成英語的【ou】或聽起來像「歐嗚」。
什麼時候發【o】？
① o　② ô　③ au　④ eau

老外教你學發音

O 的發音類似注音的「ㄡ」或與英文KK音標的【o】。

一起說說看　｜馬上學、馬上說說看。

rose
【roz】
玫瑰

hôtel
【otɛl】
旅館

Gauche

gauche
【goʃ】
左邊

Gémeaux
【ʒemo】
雙子座

1. 母音篇

[ɔ]

ɔ

01-10
MP3

1-1 單母音

發音技巧

發音時不須如同發【o】一般將雙唇用力嘟起，雙唇只須略成圓形，舌頭後部份往後縮，讓氣流自然送出，發音時比【o】來得輕鬆省力。

什麼時候發【ɔ】？

① o　② or

老外教你學發音

ɔ 的發音類似短促的注音「ㄡ」或與英文KK音標的【ɔ】。

一起說說看 | 馬上學、馬上說說看。

orage
【ɔrɑ̃ʒ】
雷雨

Cognac
【kɔɲak】
干邑

port
【pɔr】
港口

fort
【fɔr】
強壯的

1. 母音篇

u [u]

01-11
MP3

❶-1 單母音

發音技巧

請大力的將嘴唇向前嘟起做出標準的圓形狀，嘴巴開口幅度比【o】還小，抬起舌後，舌尖向後面頂，讓氣流自然送出，發音途中嘴型盡量維持圓形。

什麼時候發【u】？

① ou　② où　③ oû

老外 教你學發音

u 的發音與注音「ㄨ」或與英文KK音標的【u】相似。

一起 說說看 ┃ 馬上學、馬上說說看。

soupe
【s u p】
湯

jour
【ʒur】
日子

où
【u】
哪裡

goût
【gu】
味道

1. 母音篇

y [y]

01-12
MP3

①-1 單母音

發音技巧

嘴型與【u】相同，舌頭兩側略微頂向兩旁牙齒，讓氣流自然送出。
什麼時候發【y】？
① u　② û

老外教你學發音

y 的發音與注音「ㄩ」類似。

一起說說看 | 馬上學、馬上說說看。

dure
【dyr】
堅硬的

stupide
【stypid】
愚笨的

mur
【myr】
牆壁

mûre
【myr】
桑葚

1.母音篇

j [j]、[jə]

01-13 MP3

①-2 半母音

發音技巧

發音時將嘴唇用力固定呈扁平狀，舌根部份貼住後顎，隨及將舌頭放開同時震動聲帶發聲。發音方法基本上與【i】相同，但嘴巴張開幅度更小，發音更為短促。
什麼時候發【j】？
①y　②i落在母音前　③i落在母音後

老外教你學發音

j 的發音接近注音「ㄧㄝ」、「ㄧㄛ」或與英文KK音標的【j】、【jə】。

一起說說看 │ 馬上學、馬上說說看。

voyage
【ｖｗａｊａʒ】
旅行

yaourt
【ｊａｕｒｔ】
優酪乳

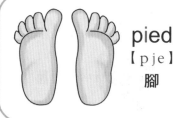

pied
【ｐｊｅ】
腳

nouille
【ｎｕｊ】
麵條

1. 母音篇

ɥ [wi]

01-14
MP3

❶-2 半母音

發音技巧

發音方法與母音【y】相同，但更為短促。
什麼時候發【ɥ】？
①u 落在母音前

老外教你學發音

ɥ 的發音與注音「ㄩ一」或與英文KK音標的
【wi】相似。

一起說說看 | 馬上學、馬上說說看。

nuit
【nɥi】
晚上

tuer
【tɥe】
殺害

juillet
【ʒɥijɛ】
七月

nuage
【nɥaʒ】
雲

1. 母音篇

W [w]

01-15
MP3

①-2 半母音

發音技巧

發音方法與【u】類似，但最後將嘴唇往左右拉開，聲音又短又急促。
什麼時候發【w】？
① ou 落在母音前

老外教你學發音

W 的發音與中文「握」或與英文KK音標的【w】相似。

一起說說看 | 馬上學、馬上說說看。

nord
北
西 ← 東
ouest　est
南
sud

ouest
【wεst】
西邊

jouet
【ʒwε】
玩具

louer
【lwe】
出租

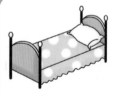

couette
【kwεt】
被褥

1. 母音篇

ã [ɑŋ]

01-16
MP3

❶-3 鼻母音

發音技巧

嘴型如同發【a】但開口幅度更大,舌頭略向後縮,讓氣流從口腔與鼻腔同時流出。
什麼時候發【ã】?
① an　② am　③ en　④ em

老外教你學發音

ã 的發音與注音「ㄥ」或與英文KK音標的【ɑŋ】類似。

一起說說看 | 馬上學、馬上說說看。

danser
【dãse】
跳舞

chambre
【ʃãbr】
房間

sentiment
【sãtimã】
感情

embrasser
【ãbrase】
擁抱

1. 母音篇

ε̃ 　[ɑn]

01-17
MP3

①-3 鼻母音

發音技巧

發音時嘴唇略向上下拉開，舌尖稍微頂住下排牙齒，類似發【ε】，只是氣流從口腔與鼻腔同時流出。

什麼時候發【ε̃】？

①in　②im　③ain　④aim　⑤ein
⑥ym　⑦yn　⑧éen　⑨ien

老外教你學發音

ε̃ 的發音與注音「ㄢ」或與英文KK音標的【ɑn】相似。

一起說說看 ｜ 馬上學、馬上說說看。

vin
【vε̃】
酒

pain
【pε̃】
麵包

syndrome
【sε̃drɔm】
症狀

européen
【ørɔpeε̃】
歐洲人

1。母音篇

õ [ɔŋ]

01-18

MP3

①-3 鼻母音

發音技巧

發音時嘴型如【o】呈圓形，舌頭往後縮，舌尖離開下排牙齒，讓氣流從口腔與鼻腔自然送出。
什麼時候發【õ】？
① on　② om

老外教你學發音

õ 的發音與注音「ㄨㄥ」或與英文KK音標的【ɔŋ】類似。

一起說說看 | 馬上學、馬上說說看。

son
【sõ】
聲音

constuction
【kõstyksjõ】
建築物

ombre
【õbr】
影子

sombre
【sõbr】
陰暗的

1.
母音篇

õe [əŋ]

01-19
MP3

①-3 鼻母音

發音技巧

發音時嘴型如【œ】，舌尖頂向下排牙齒，吐氣時嘴唇向前擠成橢圓形狀，讓氣流從口腔與鼻腔自然流出。
什麼時候發【õe】？
① un　② um

老外教你學發音

õe 的發音與注音「ㄣ」或與英文KK音標的【əŋ】類似。

一起說說看 ｜ 馬上學、馬上說說看。

lundi
【lõedi】
星期一

brun
【brõe】
褐色

humble
【õebl】
謙卑的

parfum
【parfõe】
香水

2. 子音篇

p [p]

01-20
MP3

2-1 基本子音

發音技巧

發音時先將雙唇閉上,接下來瞬間開放雙唇,同時將空氣以爆裂的方式送出,讓大量的氣體衝出口腔,發出清澈的【pə】。
什麼時候發【p】?
① p　② pp

老外教你學發音

p 的發音與注音「ㄅ」或與英文KK音標的【p】類似。

一起說說看 | 馬上學、馬上說說看。

père
【pεr】
父親

papier
【papje】
紙

pompier
【põpjε】
消防員

apporter
【apɔrte】
帶來

2. 子音篇

b [b]

01-21 MP3

發音技巧

❷-1 基本子音

發音方法如同【p】，但是雙唇開放的速度稍微慢一些並同時震動聲帶，以製造混濁的【bə】。
什麼時候發【b】？
① b ② bb

老外教你學發音

b 的發音與注音「ㄅ」或與英文KK音標的【b】類似，但氣聲更少，更為混濁。

一起說說看 ｜馬上學、馬上說說看。

bus
【 b y s 】
公車

barbe
【 b a r b 】
鬍子

bébé
【 b e b e 】
嬰兒

abbaye
【 a b e i 】
修道院

2. 子音篇

t [t]

01-22

MP3

②-1 基本子音

發音技巧

發音時將舌頭輕輕彈向上排牙齒及上顎，同時將空氣以爆裂的方式大量送出，注意不要震動聲帶，發出簡潔短促的【tə】。

什麼時候發【t】？

① t　② tt　③ th

老外教你學發音

t 的發音與注音「ㄉ」或與英文KK音標的【t】類似。

一起說說看 | 馬上學、馬上說說看。

tôt
【to】
早

attendre
【atɑ̃dr】
等待

tête
【tɛt】
頭

théâtre
【teatr】
劇院

2. 子音篇

d [d]

01-23
MP3

2-1 基本子音

發音技巧

發音方法類似【t】，但是舌頭停留在上排牙齒及上顎的時間略微久一點，同時將空氣送出震動聲帶，發出帶有混濁黏稠感的【də】。
什麼時候發【d】？
① d ② dd

老外教你學發音

d 的發音與注音「ㄉ」或與英文KK音標的【d】類似，但氣聲更少更為混濁。

一起說說看 | 馬上學、馬上說說看。

danse
【dãs】
舞蹈

dure
【dyr】
堅硬的

dedans
【dədã】
在…裡面

addition
【adisjõ】
帳單

2. 子音篇

k [k]

01-24
MP3

❷-1 基本子音

發音技巧

發音時嘴巴略呈圓形，舌根略向上後抬升稍微頂到後顎部份，同時將空氣以爆裂方式大量送出，不要震動聲帶發出短促有力的【kə】。

什麼時候發【k】？

① k　② qu　③ c 落在 a 之前　④ c 落在 o 之前
⑤ c 落在 u 之前　⑥ c 在字尾

老外教你學發音

k 的發音類似注音「ㄎ」或與英文KK音標的【k】類似。

一起說說看 | 馬上學、馬上說說看。

Québec
【kebɛk】
魁北克

cacao
【kakao】
可可子

culture
【kyltyr】
文化

sac
【sak】
袋子

2. 子音篇

g [g]

01-25
MP3

❷-1 基本子音

發音技巧

發音方法與【k】類似，但是舌根更加貼近後顎部份，同時震動聲帶，幾乎有種快把聲音吃下去的感覺，發出帶有重量混濁的【gə】。
什麼時候發【g】？
①g落在a之前 ②g落在o之前 ③g落在u之前

老外教你學發音

g 的發音類似注音「ㄍ」或與英文KK音標的【g】，但更著重於喉音。

一起說說看 | 馬上學、馬上說說看。

gant
【gã】
手套

golf
【gɔlf】
高爾夫

guide
【gid】
導遊

glace
【glas】
玻璃

f 【f】

01-26
MP3

發音技巧

❷-1 基本子音

發音時上排牙齒輕咬下嘴唇，將空氣送出同時離開下嘴唇，不要震動聲帶發出輕柔短促的【fə】。

什麼時候發【f】？

①f　②ff　③ph

老外教你學發音

f 的發音與注音「ㄈ」或與英文KK音標的【f】相似。

一起說說看

 馬上學、馬上說說看。

fer
【fɛr】
鐵

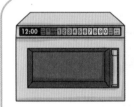

four
【fur】
烤箱

différent
【difɛrã】
不同的

philosophe
【filɔzɔf】
哲學家

2. 子音篇

V [v]

01-27
MP3

2-1 基本子音

發音技巧

發音方法與【f】相同，但是上排牙齒停留在下嘴唇的時間稍微久一點再離開，同時震動聲帶發出混濁顫抖的【və】。
什麼時候發【v】？
① v

老外教你學發音

V 的發音與英文KK音標的【v】相似。

一起說說看 ｜ 馬上學、馬上說說看。

vert
【vɛr】
綠色的

voir
【vwar】
看

lèvre
【lɛvr】
嘴唇

serveur
【sɛrvœr】
服務生

2. 子音篇

S [s]

01-28
MP3

發音技巧

2-1 基本子音

嘴巴放鬆，閉合上下排牙齒，將空氣輕輕送出，不震動聲帶發出緩和的【sə】。
什麼時候發【s】？
① s ② ss ③ ç ④ c 落在 e 之前
⑤ c 落在 i 之前 ⑥ c 落在 y 之前

老外教你學發音

S 的發音與注音「ㄙ」或與英文KK音標的【s】類似。

一起說說看 | 馬上學、馬上說說看。

tasse
【tas】
小茶杯

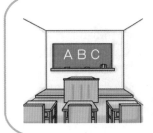

leçon
【ləsɔ̃】
課程

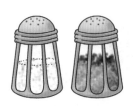

sel
【sɛl】
鹽巴

cynique
【sinik】
嘲諷的

2. 子音篇

Z [z]

01-29 MP3

②-1 基本子音

發音技巧

發音方法與【s】相同，但是須震動聲帶，發出滋滋聲的【zə】。
什麼時候發【z】？
① z ② 被母音包夾的 s

老外教你學發音

Z 的發音與注音「ㄗ」或與英文KK音標的【z】相同。

一起說說看 | 馬上學、馬上說說看。

zoo
【zo】
動物園

zone
【zon】
區域

gaz
【gaz】
瓦斯

rose
【rɔz】
玫瑰

2. 子音篇

2-1 基本子音

∫　[ʃ]

01-30
MP3

發音技巧

發音時將嘴唇稍微噘起，閉合上下牙齒，舌尖離開下排牙齒，舌根微微壓向後顎，輕輕的將空氣送出，不震動聲帶發出柔和的【ʃ ə】。
什麼時候發【ʃ】？
① ch　② sh

老外教你學發音

∫ 的發音與中文「噓」字或與英文KK音標的【ʃ】類似。

一起說說看 | 馬上學、馬上說說看。

chaise
【ʃɛz】
椅子

Chine
【ʃin】
中國

tâche
【taʃ】
工作

shampooing
【ʃɑ̃pwɛ̃】
洗髮精

2. 子音篇

[ʒ]

ʒ

01-31
MP3

2-1 基本子音

發音技巧

發音方法與【ʃ】類似，但是須震動聲帶及牙齒，發出帶有混濁顫抖的【ʒə】。
什麼時候發【ʒ】？
①j ②g 落在 e 之前　③g 落在 i 之前　④g 落在 y 之前

老外教你學發音

ʒ 的發音與注音「ㄖ」或與英文KK音標的【ʒ】類似。

一起說說看 | 馬上學、馬上說說看。

jour
【ʒur】
日子

Gémeaux
【ʒemo】
雙子座

gingembre
【ʒɛ̃ʒɑ̃br】
薑

gymnase
【ʒimnaz】
健身房

2. 子音篇

r [h]

2-1 基本子音

01-32
MP3

發音技巧

舌後根向上抬起，接近小舌，將氣流送出震動小舌，發出類似「喝」的聲音。發【r】音時感覺就好像是把聲音先吃進去再送出來，有一種吞吐的感覺，剛開始不適應時先放慢速度，感覺【r】的位置。
什麼時候發【r】？
① r　② rr

老外教你學發音

r 的發音類似帶有小舌音的中文字「喝」或與英文KK音標的【h】。

一起說說看 | 馬上學、馬上說說看。

porte
【pɔrt】
門

armoire
【armwar】
櫃子

guerre
【gɛr】
戰爭

frapper
【frape】
打

049

2. 子音篇

m [m]

01-33
MP3

❷-1 基本子音

發音技巧

發音時閉上雙唇，震動鼻腔同時放開雙唇，發出【mə】。
什麼時候發【m】？
① m ② mm

老外教你學發音

m 的發音與注音「ㄇ」或與英文KK音標的【m】類似。

一起說說看 | 馬上學、馬上說說看。

mer
【mεr】
海洋

miel
【mjεl】
蜂蜜

maman
【mamɔ̃】
媽媽

sommeil
【sɔmεj】
疲倦的

2. 子音篇

n [n]

01-34
MP3

2-1 基本子音

發音技巧

發音時輕輕張開嘴巴，舌尖彈向上顎同時震動鼻腔共鳴，發出【nə】。
什麼時候發【n】？
① n ② nn ③ mn

老外教你學發音

n 的發音與注音「ㄋ」或與英文KK音標的【n】類似。

一起說說看 | 馬上學、馬上說說看。

naïf
【naif】
天真的

neuf
【nœf】
新的

sonnette
【sɔnɛt】
門鈴

automne
【otɔn】
秋天

2. 子音篇

ŋ [niə]

01-35
MP3

發音技巧

②-1 基本子音

發音時舌尖抵住下齒齦，抬起舌面接觸上顎中段部份，阻塞氣流，讓氣流從鼻腔通過震動發出帶有混濁感的【ŋ】。
什麼時候發【ŋ】？
① gn

老外教你學發音

ŋ 的發音與注音「ㄋㄧ」或與英文KK音標的【niə】類似。

一起說說看 │ 馬上學、馬上說說看。

agneau
【aŋo】
羔羊

signe
【siŋ】
符號

campagne
【kɔ̃paŋ】
鄉下

montagne
【mɔ̃taŋ】
山

3. 特殊發音

ail [aj]

01-36 MP3

❸-1 特殊母音

發音技巧

首先做出發【a】的嘴型,接下來將下顎往上閉合發出短促的【i】。
哪些組合發【aj】音?
① ail

老外教你學發音

aj 的發音與注音「ㄞㄜ」或與英文KK音標的【ajə】類似。

一起說說看 | 馬上學、馬上說說看。

ail
【aj】
大蒜

détail
【detaj】
細節

travail
【travaj】
工作

corail
【kɔraj】
珊瑚

3. 特殊發音

[o]

eau

01-37
MP3

3-1 特殊母音

發音技巧

嘴型維持圓形，舌後部份抬起，舌尖離開下排牙齒，發出【o】音。
哪些組合發【o】？
① eau ② au

老外教你學發音

O 的發音類似注音的「ㄡ」或與英文KK音標的【o】。

一起說說看 馬上學、馬上說說看。

beau
【bo】
帥氣的

bureau
【byro】
辦公室

Paul
【pol】
保羅

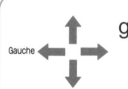

Gauche

gauche
【goʃ】
左邊

3. 特殊發音

eux [ø]

01-38
MP3

③-1 特殊母音

發音技巧

發音時舌尖頂住下排牙齒，舌頭放平，吐氣時做出接近圓形的唇型。
什麼組合發【ø】？
① eux ② euze

老外教你學發音

ø 的發音接近注音「ㄜ」或與英文KK音標的 【ʌ】，但嘴型略小。

一起說說看 | 馬上學、馬上說說看。

01234
56789
deux
【dø】
二

amoureux
【amurø】
戀愛了

danseuse
【dãsøz】
舞者

amoureuse
【amurøz】
戀愛了

3. 特殊發音

ill [j]

3-1 特殊母音

01-39
MP3

發音技巧

首先將嘴巴微微張開,用力固定成扁平狀,舌後根上貼後顎,放開舌後根同時震動聲帶發聲。

哪些組合發【j】?
① 當 ill 落在子音後面　② 當 ill 落在母音後面

老外教你學發音

j 的發音接近注音「一ㄜ」或與英文KK音標的【jə】。

一起說說看 │ 馬上學、馬上說說看。

fille
【fij】
女孩

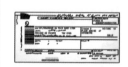

billet
【bijɛ】
票

nouille
【nuj】
麵條

Versailles
【vɛrsaj】
凡爾賽

3. 特殊發音

[œr]

oeur

01-40
MP3

❸-1 特殊母音

發音技巧

發音時舌尖頂住下排牙齒，舌頭放平貼緊，吐氣時嘴唇略微向前做出橢圓形狀，結束時輕聲發出小舌音。

什麼組合發【œr】？

① oeur　② eur

老外教你學發音

œr 的發音接近注音「ㄜ」或與英文KK音標的【ʌ】，但嘴型更為扁平且帶有小舌音。

一起說說看 | 馬上學、馬上說說看。

coeur
【kœr】
心

soeur
【sœr】
姐妹

auteur
【otœr】
作者

peur
【pœr】
害怕

3. 特殊發音

Oi [wa]

01-41
MP3

③-1 特殊母音

發音技巧

發音時首先將嘴型做成圓形狀，舌尖往後頂，舌根微微向後抬起，發出接近【u】的音，然後順勢張大嘴巴發出【a】。

什麼組合發【wa】？
① oi ② oy

老外教你學發音

wa 的發音與注音「ㄨㄚ」或與英文KK音標的【wa】類似。

一起說說看 | 馬上學、馬上說說看。

étoile
【etwal】
星星

joie
【ʒwa】
喜悅

voyage
【vwaʒ】
旅行

voyante
【vwajaʒ】
占卜師

3. 特殊發音

[u]

ou

01-42
MP3

3-1 特殊母音

發音技巧

發音時嘴型為圓形，抬起舌後根，舌尖向後頂並震動聲帶。
什麼組合發【u】？
① ou　② où　③ oû

老外 教你學發音

u 的發音與注音「ㄨ」或與英文KK音標的【u】相似。

一起說說看 ｜ 馬上學、馬上說說看。

soupe
【sup】
湯

coutume
【kutym】
風土民情

où
【u】
哪裡

coûteux
【kutø】
昂貴的

3. 特殊發音

[k]

C

01-43
MP3

❸-2 特殊子音

發音技巧

發音時嘴巴略呈圓形，舌根略向上後抬升稍微頂到後顎部份，同時將空氣以爆裂
方式大量送出，不要震動聲帶。
什麼時候c發【k】？
①c出現在a的前面　②c出現在o的前面　③c出現在u的前面

老外教你學發音

k 的發音類似注音「ㄎ」或與英文KK音標的【k】
類似。

一起說說看│馬上學、馬上說說看。

camion
【kamjɔ̃】
卡車

collier
【kɔlje】
項鍊

combat
【kɔ̃b】
戰鬥

culture
【kyltyr】
文化

3. 特殊發音

[s]

C

01-44
MP3

③-2 特殊子音

發音技巧

嘴巴放鬆，閉合上下排牙齒，將空氣輕輕送出，不震動聲帶。
什麼時候 c 發【s】？
① c 出現在 e 的前面　② c 出現在 i 的前面　③ c 出現在 y 的前面

老外教你學發音

S 的發音與注音「ㄙ」或與英文KK音標的【s】類似。

一起說說看 │ 馬上學、馬上說說看。

ceinture
【sɛ̃tyr】
皮帶

France
【frãs】
法國

cidre
【sidr】
蘋果酒

cygne
【siɲ】
天鵝

3. 特殊發音

[g]

g

01-45
MP3

❸-2 特殊子音

發音技巧

發音時舌根貼近後顎部份，同時震動聲帶。
什麼時候g 發【g】？
①g 出現在a 的前面　②g 出現在o 的前面　③g 出現在u 的前面

老外教你學發音

g 的發音類似注音「ㄍ」或與英文KK音標的
【g】，但更著重於喉音。

一起說說看 | 馬上學、馬上說說看。

gare
【gar】
火車站

garçon
【garsɔ̃】
男孩

égoïste
【egɔist】
自私的

orgueil
【ɔrgœj】
自大的

3. 特殊發音

[ʒ]

g

01-46
MP3

3-2 特殊子音

發音技巧

發音時稍微噘起嘴唇，閉合上下排牙齒，舌尖離開下排牙齒同時震動聲帶。
什麼時候 g 發【ʒ】？
①g 出現在 e 的前面　②g 出現在 i 的前面　③g 出現在 y 的前面

老外教你學發音

ʒ 的發音與注音「ㄖ」或與英文KK音標的【ʒ】類似。

一起說說看 ┃ 馬上學、馬上說說看。

sagesse
【saʒɛs】
智慧

géant
【ʒeã】
巨大的

religion
【rəliʒjõ】
宗教

gynécologue
【ʒinekɔlɔg】
婦產科醫師

3. 特殊發音

❸-3 子音不發音

01-47
MP3

發音技巧

以字尾「e」結束的單字，不發音。

一起說說看 │ 馬上學、馬上說說看。

verre
【vɛr】玻璃杯

livre
【livr】書本

gare
【syl】車站

cantine
【kɑ̃tin】
學生或員工餐廳

3. 特殊發音

③-3 子音不發音

01-48
MP3

發音技巧

落單在字尾的子音不發音。

一起說說看 | 馬上學、馬上說說看。

petit
【pəti】小的

grand
【grã】大的

des taïwanais
【de taiwane】
一些台灣人

acheter
【aʃte】買

3.
特殊發音

③-4 字尾要發音

01-49
MP3

發音技巧

字尾是子音c, f, l, r的時候要發音。

一起說說看 │ 馬上學、馬上說說看。

sac
【sak】袋子

sauf
【sof】
除了…之外

sel
【sɛl】鹽巴

fer
【fɛr】鐵

3. 特殊發音

③-4 字尾要發音

01-50

發音技巧

字尾的子音接母音e時，子音要發音。

一起說說看 | 馬上學、馬上說說看。

petite
【pətit】小的

grande
【grãd】大的

une taïwanaise
【yn taiwanez】
一位台灣人（女性）

douce
【dus】溫合的

4.

法文特殊發音規則

❶ 連音

什麼是連音

連音是法文中常見的發音現象，連音是指前一個字尾的子音直接連著下一個字首的母音發音，例如C'est impossible.句中c'est的字尾子音t原來是不發音，但因為下一個字首為母音ɛ，所以可以連音【sɛ tɛ̃-posibl】。

連音的規則

① 字尾子音碰上字首母音

例如 des amis【de z-ami】一些朋友

② 字尾子音碰上字首啞音h

例如 Un hôtel【œ̃ n-ɔtəl】一間旅館

一定要連音嗎

連音就像巧克力蛋糕上的金箔，放了增添高尚與美感，沒放一樣好吃，正式場合下連音永遠不嫌多，至於一般口語則純粹看個人習慣。

常見的連音

① 當字尾出現t, s, n, l, f, v等子音碰上母音或啞音h為首的字

例如 C'est intéressant.【sɛ t-ēterɛsɑ̃】有趣的。

C'est une école.【sɛ t-yn-ekɔl】這是間學校。

C'est un hôpital.【sɛ t-œ n-ɔpital】這是間醫院。

Je n'ai pas encore mangé.【ʒə ne pa z-ɑ̃kɔr】
我還沒吃。

Cet appartement est à vendre.

【sɛ t-apartmɑ̃ ɛ t-a vɑ̃dr】
這間公寓出售。

② 當數字遇上時間、年齡與價錢通常都要連音

例如 Il est dix heures.【il-ɛ diz-œr】現在是十點。

Il est cinq heures.【il-ɛ sɛ̃k-œr】現在是五點。

Elle a neuf ans.【ɛl-ɛ nœv-œr】她九歲。

Ma mère a soixante ans.【ma mɛr a swasɑ̃t-ɑ̃】
我媽六十歲。

J'ai vingt euros.【ʒe vɛ̃ t-øro】我有二十歐元。

Ça coûte trente euros.【sa kut trɑ̃t-øro】
這個是三十歐元。

❷ 縮寫

什麼時候法文會縮寫

① 當單數定冠詞le, la碰到由母音或啞音h為首的字

例如 Le + abricot→L'abricot【labriko】杏李

La + orange→L'orange【lɔrɑ̃ʒ】柳橙

Le + hôpital→L'hôpital【lɔpital】男人

La + habitude→L'habitude【labityd】習慣

② 當que遇到母音為首的字。

例如 Qu'est-ce qu'un geek?　Geek是什麼？

Qu'est ce qu'il y a?　有什麼事嗎？

Qu'est ce qu'elle fait?　她在做什麼？

Je sais qu'il s'appelle Antoine.　我知道他叫安東尼。

❸ 鼻母音

什麼是鼻母音

鼻母音是由母音與子音n, m構成，例如an、in、om、um等，法文嚴格來説有四種鼻母音，分別是【ɑ̃】、【ɛ̃】、【ɔ̃】和【œ̃】。

發鼻母音時要注意的事

發鼻母音時千萬不要學英文把n或m拆開來念，鼻母音是一體成型的不能拆開發音。

什麼時候可以拆開來發音

若n或m後面接了母音或e的時候，鼻母音就被拆開了。

例如

正常的鼻母音	被拆開的鼻母音
thon【tɔ̃】鮪魚	tonnerre【tɔnɛr】雷
ombre【ɔ̃br】影子	hommage【ɔmaʒ】致意
pain【pɛ̃】麵包	peine【pɛn】痛苦
Européen【øropeɛ̃】歐洲人	Européenne【øropɛn】歐洲人

❹ 音節

一般來說一個音節指的是：

① 母音配子音
② 獨立母音

例如 été→é-té【e-te】夏天

demander→de-man-der【də-mã-de】詢問

brocoli→bro-co-li【brɔ-kɔ-li】花椰菜

nuage→nu-age【nɥ-aʒ】雲

第2堂

詞彙課
法語日常生活必備詞彙

❶ 一天時間	❷ 年月日	❸ 數字表達	❹ 國家國籍
❺ 各行各業	❻ 公共場所	❼ 交通工具	❽ 休閒娛樂
❾ 藝術饗宴	❿ 體育運動	⓫ 家居生活	⓬ 衣著時尚
⓭ 化妝保養	⓮ 身體部位	⓯ 星座生肖	⓰ 情感個性
⓱ 自然災難	⓲ 家族成員	⓳ 美食饗宴	⓴ 酒茶飲料
㉑ 蔬菜水果	㉒ 調味香料	㉔ 詢問方向	㉕ 廚房用具
㉖ 家電用具	㉗ 日常生活		

法語常識小問答

問：為什麼法文和英文的詞彙很相似？

答：法國曾統治英國近三百年，這段期間法文深深影響當時及後代的英文，尤其是文化、藝術、法律、科技與醫學等領域的詞彙，法文和英文的拼法可說是如出一轍，要注意的是，英法同字不同義的情況也非常普遍，但對於英文底子不錯的初學者而言，仍然可以省下不少的腦細胞記憶單字。

問：法語接受外來語嗎？

答：雖然法國政府花了很多心力保護與發揚法文，但外來語仍不斷注入法文，尤其是蔚為時尚或風潮的詞彙或長久以來已經深入法國人生活的事物或表達方式，例如shampooing（洗髮精）或C'est cool.（很讚哦）；法國人不只會借用英文或其它外來文，有時還甚至改寫這些借來的外來文賦予其陰陽性或新的意義，例如le look（外表）以及le relooking（外型改造）。

一天時間

02-01

Le matin 【lə matɛ̃】 早晨、早上	La matinée 【la matine】 上午	Le midi 【lə midi】 中午
L'après-midi 【laprɛmidi】 下午、午後	La fin d'après-midi 【la fɛ̃ daprɛmidi】 傍晚	La journée 【la ʒurne】 一天
Le soir 【lə swar】 晚上、夜晚	La soirée 【la sware】 晚間、夜間	La nuit 【la nɥi】 深夜
Le minuit 【lə minɥi】 午夜、半夜	Aujourd'hui 【oʒurdɥi】 今天	Demain 【dəmɛ̃】 明天
Hier 【jɛr】 昨天	Après-demain 【aprɛdəmɛ̃】 後天	Avant-hier 【avɑ̃ t jɛr】 前天
Jour férié 【ʒur ferje】 國定假日		

年月日

02-02

2011 May

S	M	T	W	T	F	S
					1	2
3	4	5	6	7	8	9
10	11	12	13	14	15	16
17	18	19	20	21	22	23
24	25	26	27	28	29	30

第 **2** 堂

詞彙課

janvier (m)	février (m)	mars (m)
【ʒɑ̃vje】	【fevrje】	【mars】
一月	二月	三月
avril (m)	mai (m)	juin (m)
【avril】	【mɛ】	【ʒɥɛ̃】
四月	五月	六月
juillet (m)	août (m)	septembre (m)
【ʒɥijɛ】	【ut】	【sɛptɑ̃br】
七月	八月	九月
octobre (m)	novembre (m)	décembre (m)
【ɔktɔbr】	【nɔvɑ̃br】	【desɑ̃br】
十月	十一月	十二月

lundi (m)	【lɛ̃di】	星期一
mardi (m)	【mardi】	星期二
mercredi (m)	【mɛrkrədi】	星期三
jeudi (m)	【ʒødi】	星期四
vendredi (m)	【vãdrədi】	星期五
samedi (m)	【samədi】	星期六
dimanche (m)	【dimãʃ】	星期日

Le printemps (m)	【lə prɛ̃tã】	春天
Lété (m)	【lete】	夏天
Lautomne (m)	【lɔtɔn】	秋天
Lhiver (m)	【livɛr】	冬天

數字表達

02-03

MP3

un 【œ̃】 一	deux 【dø】 二	trois 【trwa】 三
quatre 【katr】 四	cinq 【sɛ̃k】 五	six 【sis】 六
sept 【sɛt】 七	huit 【ɥit】 八	neuf 【nœf】 九
dix 【dis】 十	vingt 【vɛ̃】 二十	vingt et un 【vɛ̃tɛ œ̃】 二十一
trente 【trɑ̃t】 三十	cinquante 【sɛ̃kɑ̃t】 五十	trois cents 【trwa sɑ̃】 三百
quatre milles 【katr mil】 四千		

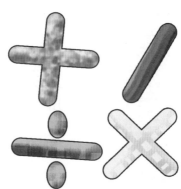

國家國籍
02-04 MP3

Le pays	【lə pei】	國家
Les citoyens	【le sitwajɛ̃】	國民
Une villes	【yn vil】	城市
Les habitants	【le z abitɑ̃】	居民

	國家	男性	女性
英國	L'Angleterre 【lɑ̃gltɛr】	Un anglais 【œ̃ n ɑ̃glɛ】	Une anglaise 【yn ɑ̃glɛz】
法國	La France 【la frɑ̃s】	Un français 【œ̃ frɑ̃sɛ】	Une française 【yn frɑ̃sɛz】
德國	L'Allemagne 【lalmaɲ】	Un allemand 【œ̃ n almɑ̃】	Une allemande 【yn almɑ̃d】
義大利	L'Italie 【litali】	Un italien 【œ̃ n italjɛ̃】	Une italienne 【yn italjɛn】
西班牙	L'Espagne 【lɛspaɲ】	Un espagnol 【œ̃ n ɛspaɲɔl】	Une espagnole 【yn ɛspaɲɔl】

荷蘭	Le Pays-Bas 【lə peiba】	Un hollandais 【œ̃ ɔlɑ̃dɛ】	Une hollandaise 【yn ɔlɑ̃dɛz】
比利時	La Belgique 【la bɛlʒik】	Un belge 【œ̃ bɛlʒ】	Une belge 【yn bɛlʒ】
瑞士	La Suisse 【la sɥis】	Un suisse 【œ̃ sɥis】	Une suisse 【yn sɥis】
奧地利	L'Autriche 【lotriʃ】	Un autrichien 【œ̃ n otriʃjɛ̃】	Une autrichienne 【yn otriʃjɛn】
俄羅斯	La Russie 【la rysi】	Un russe 【œ̃ rys】	Une russe 【yn rys】
美國	Les États-Unis 【le z etazɥini】	Un américain 【œ̃ n amerikɛ̃】	Une américaine 【yn amerikɛn】
加拿大	Le Canada 【lə kanada】	Un canadien 【œ̃ kanadjɛ̃】	Une canadienne 【yn kanadjɛn】
墨西哥	Le Mexique 【lə mɛksik】	Un mexicain 【œ̃ mɛksikɛ̃】	Une mexicaine 【yn mɛksikɛn】
日本	Le Japon 【lə ʒapɔ̃】	Un japonais 【œ̃ ʒapɔnɛ】	Une japonaise 【yn ʒapɔnɛz】

第2堂

詞彙課

韓國	La Corée du Sud 【la kɔre dy syd】	Un coréen 【œ̃ kɔreɛ̃】	Une coréenne 【yn kɔreɛn】
台灣	Taïwan 【taiwɛ̃】	Un taïwanais 【œ̃ taiwɛ̃nɛ】	Une taïwanaise 【yn taiwɛ̃nɛz】
香港	Hong Kong 【ɔ̃kɔ̃】	Un hongkongais 【œ̃ ɔ̃kɔ̃gɛ】	Une hongkongaise 【yn ɔ̃kɔ̃gɛz】
中國	La Chine 【la ʃin】	Un chinois 【œ̃ ʃinwa】	Une chinoise 【yn ʃinwaz】
越南	Le Vietnam 【lə vjɛtnam】	Un vietnamien 【œ̃ vjɛtnamjɛ̃】	Une vietnamienne 【yn vjɛtnamjɛn】
泰國	La Thaïlande 【la tailɑ̃d】	Un thaïlandais 【œ̃ tailɑ̃dɛ】	Une thaïlandaise 【yn tailɑ̃dɛz】
印度	L'Inde (f) 【lɛ̃d】	Un indien 【œ̃ ɛ̃djɛ̃】	Une indienne 【yn ɛ̃djɛn】
澳洲	L'Australie 【lɔstrali】	Un australien 【œ̃ n ɔstraljɛ̃】	Une australienne 【yn ɔstraljɛn】

倫敦	Londres 【lɔ̃dr】	Un londonais 【lɔ̃dɔnɛ】	Une londonaise 【yn lɔ̃dɔnɛz】
柏林	Berlin 【bɛrlɛ̃】	Un berlinois 【bɛrlinwa】	Une berlinoise 【yn bɛrlinwaz】
米蘭	Milan 【milɑ̃】	Un milanais 【œ̃ milanɛ】	Une milanaise 【yn milanɛz】
北京	Peking 【pekɛ̃】	Un pékinois 【œ̃ pekinwa】	Une pékinoise 【yn pekinwaz】
上海	Shanghai 【ʃɑ̃gai】	Un shanghaien 【œ̃ ʃɑ̃gajɛ̃】	Une shanghaienne 【yn ʃɑ̃gajɛn】
巴黎	Paris 【pari】	Un parisien 【œ̃ parisjɛ̃】	Une parisienne 【yn parisjɛn】

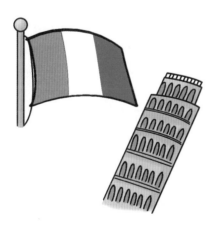

各行各業

02-05 MP3

La profession 【la prɔfɛsjɔ̃】 職業	男性	女性
廚師	Un cuisinier 【œ̃ kɥizinje】	Une cuisinière 【yn kɥizinjɛr】
糕點師傅	Un pâtissier 【œ̃ patisje】	Une pâtissière 【yn patisjɛr】
麵包師傅	Un boulanger 【œ̃ bulɑ̃ʒe】	Une boulangère 【yn bulɑ̃ʒɛr】
店員	Un vendeur 【œ̃ vɑ̃dœr】	Une vendeuse 【yn vɑ̃døz】
學生	Un étudiant 【œ̃ etydjɑ̃】	Une étudiante 【yn etydjɑ̃t】
老師	Un enseignant 【œ̃ ɑ̃sɛɲɑ̃】	Une enseignante 【yn ɑ̃sɛɲt】
教授	Un professeur 【œ̃ prɔfɛsœr】	Une professeur 【yn prɔfɛsœr】

職員	Un employé 【œ̃ ɑ̃plwaje】	Une employée 【yn ɑ̃plwaje】
公務員	Un fonctionnaire 【œ̃ fɔ̃ksjɔnɛr】	Une fonctionnaire 【yn fɔ̃ksjɔnɛr】
作家	Un écrivain 【œ̃ ekrivɛ̃】	Une écrivain 【yn ekrivɛ̃】
畫家	Un peintre 【œ̃ pɛ̃tr】	Une peintre 【yn pɛ̃tr】
音樂家	Un musicien 【œ̃ myzisjɛ̃】	Une musicienne 【yn myzisjɛ̃】
舞蹈家	Un danseur 【œ̃ dɑ̃sœr】	Une danseuse 【yn dɑ̃søz】
導演	Un réalisateur 【œ̃ realizatœr】	Une réalisatrice 【yn realizatris】
演員	Un acteur 【œ̃ aktœr】	Une actrice 【yn aktris】
攝影師	Un photographe 【œ̃ fɔtɔgraf】	Une photographe 【yn fɔtɔgraf】
節目主持人	Un présentateur 【œ̃ prezɑ̃tatœr】	Une présentatrice 【yn prezɑ̃tatris】

第**2**堂

詞彙課

記者	Un journaliste 【œ̃ ʒurnalist】	Une journaliste 【yn ʒurnalist】
歌手	Un chanteur 【œ̃ ʃɑ̃tœr】	Une chanteuse 【yn ʃɑ̃tøz】
模特兒	Un mannequin 【œ̃ mankɛ̃】	Une mannequin 【yn mankɛ̃】
美術圖案設計師	Un graphiste 【œ̃ grafist】	Une graphiste 【yn grafist】
裁縫師	Un couturier 【œ̃ kutyrje】	Une couturière 【yn kutyrjɛr】
理髮師	Un coiffeur 【œ̃ kwafœr】	Une coiffeuse 【yn kwaføz】
警察	Un policier 【œ̃ pɔlisje】	Une policière 【yn pɔlisjɛr】

消防員	Un pompier 【œ̃ pɔ̃pje】	Une pompier 【yn pɔ̃pje】
顧問	Un conseiller 【œ̃ kɔ̃seje】	Une conseillère 【yn kɔ̃sɛjɛr】
銀行員	Un banquier 【œ̃ bɑ̃kje】	Une banquier 【yn bɑ̃kje】
業務員	Un commercial 【œ̃ kɔmɛrsjal】	Une commerciale 【yn kɔmɛrsjal】
技術員	Un technicien 【œ̃ tɛknisjɛ̃】	Une technicienne 【yn tɛknisjɛn】
工程師	Un ingénieur 【œ̃ ɛ̃ʒenjœr】	Une ingénieur 【yn ɛ̃ʒenjœr】
醫生	Un médecin 【œ̃ medsɛ̃】	Une médecin 【yn medsɛ̃】

第**2**堂

詞彙課

公共場所

02-06 MP3

Un hôtel de ville	【œ n otɛl də vil】	市政府
Une mairie	【yn mɛri】	區公所
Une bibliothèque	【yn biblijɔtɛk】	圖書館
Un hôpital	【œ n opital】	醫院
Une clinique	【yn klinik】	診所
Une pharmacie	【yn farmasi】	藥局
Une banque	【yn bɑ̃k】	銀行
Une poste	【yn postə】	郵局
Un hôtel	【œ n otɛl】	旅館
Une agence de voyage	【yn aʒɑ̃s də vwajaʒ】	旅行社
Une gare	【yn gar】	車站
Un parking	【œ̃ parkiŋ】	停車場
Une station de métro	【yn stɑsjɔ̃ də metro】	地鐵站
Un arrêt de bus	【œ̃ n arɛ də bys】	公車站
Un aéroport	【œ̃ n aerɔpɔr】	機場
Un centre commercial	【œ̃ sɑ̃tr kɔmɛrsjal】	購物中心
Un grand magasin	【œ̃ grɑ̃ magazɛ̃】	百貨公司
Un supermarché	【œ̃ sypɛrmarʃe】	超市

Un bureau de tabac	【œ̃ byro də taba】	香菸和書報零售店
Une librairie	【yn libreri】	書局
Un restaurant	【œ̃ rɛstorã】	餐廳
Un bistro	【œ̃ bistro】	小酒館
Une boulangerie	【yn bulãʒəri】	麵包店
Un cinéma	【œ̃ sinema】	電影院
Une boutique	【yn butik】	商店
Une école	【yn n ekɔl】	學校
Un collège	【œ̃ kɔlɛʒ】	國中
Un lycée	【œ̃ lise】	高中
Une université	【yn ynivɛrsite】	大學
Une église	【yn n egliz】	教堂
Une cathédrale	【yn katedral】	大教堂

第2堂 詞彙課

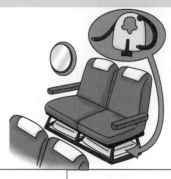

交通工具

02-07 MP3

Le train 【lə trɛ̃】 火車	Le bus 【lə bys】 公車	Le tram 【lə tram】 輕軌電車
Le métro 【lə metro】 地鐵	Le vélo 【lə velo】 腳踏車	La moto 【lə mɔto】 重型機車
Le scooter 【lə skutœr】 摩托車	Le taxi 【lə taksi】 計程車	Lautocar (m) 【lɔtobys】 長途巴士
La voiture 【lavwatyr】 汽車	Le camion 【lə kamjɔ̃】 貨車	Le téléphérique 【lə teleferik】 空中纜車
Le funiculaire 【lə fynikylɛr】 纜車	La navette 【la navɛt】 接駁車	Le TGV 【lə teʒeve】 高鐵
Le RER 【lə ɛrøɛr】 巴黎區域特快鐵路	L' Eurostar 【lørostar】 歐洲之星	Le bateau 【lə bato】 船
Lavion (m) 【lavjɔ̃】 飛機		

La musique	【la myzik】	音樂
Le cinéma	【lə sinema】	電影
Le théâtre	【lə teatr】	戲劇
La dance	【la dɑ̃s】	舞蹈
La chanson	【la ʃɑ̃sɔ̃】	歌曲
Lopéra (m)	【lɔpera】	歌劇
La littérature	【la literatyr】	文學
La lecture	【la lɛktyr】	閱讀
La mode	【la mɔd】	時尚
Le shopping	【lə ʃɔpiŋ】	逛街
La technologie	【la tɛknɔlɔʒi】	科技
La pêche	【la pɛʃ】	釣魚
Le camping	【lə kɑ̃piŋ】	露營
Le saut élastique	【lə so t elastik】	高空彈跳
Léchecs (m)	【lɛʃɛk】	象棋
Les mots croisés	【le mo kwaze】	填字遊戲
Le sudoku	【lə sudɔku】	數讀
Le jeu vidéo	【lə ʒə video】	電動
La bande dessinée	【la bɑ̃d dɛsine】	漫畫
Le dessin animé	【lə dɛsɛ̃ anime】	動畫
Un concert	【œ̃ kɔ̃sɛr】	演唱會

Un festival	【œ fɛstival】	節慶
Une exposition	【yn—kspozisjɔ̃】	展覽
Une fête	【yn fɛt】	宴會、派對
Une soirée	【yn sware】	宴會、派對

藝術饗宴

02-09
MP3

Le Musée du Louvre	羅浮宮
Le Musée dOrsay	奧賽美術館
Le Musée de lOrangerie	橘園
Le Musée du Quai Branly	布利碼頭博物館
Le Musée Grévin	巴黎蠟像館
Le Centre Pompidou	龐畢度中心
Le Musée Carnavalet	卡那瓦雷博物館
Le Musée des Arts et Métier	國立工藝博物館
Le Palais de Tokyo	東京宮
Le Musée du Jeu de Paume	網球場美術館
Le Musée européenne de la Photographie	歐洲攝影博物館
Le Musée du Petit Palais	小皇宮博物館
La Cité nationale de lhistoire de limmigration	移民歷史博物館

體育運動

02-10 MP3

Le ski	【lə ski】	滑雪
La planche à voile	【la plɑ̃ʃ a vwal】	帆船
Le basketball	【lə baskɛbol】	籃球
Le valley-ball	【lə vɔlɛbol】	排球
Le football	【lə futbol】	足球
Le rugby	【lə rygbi】	橄欖球
Le tennis	【lə tɛnis】	網球
Le tennis de table	【lə tɛnis də tabl】	桌球
Le badminton	【lə badmintən】	羽毛球
La natation	【la natasjɔ̃】	游泳
La randonnée	【la rɑ̃dɔne】	登山
L'escalade (f)	【lɛskalad】	攀岩
Lescrime (f)	【lɛskrim】	劍術
L'e marathon	【lə maratɔ̃】	馬拉松
La gymnastique	【la ʒimnastik】	體操
Le patinage	【lə patinaʒ】	溜冰
Le roller	【lə rɔlər】	直排輪
Le rally	【lə rali】	賽車
Le boxing	【lə bɔksiŋ】	拳擊
La course à pied	【la kurs a pje】	跑步
Le jogging	【lə ʒɔgiŋ】	慢跑

Le golf	【lə gɔlf】	高爾夫
Le taekwondo	【lə takwando】	跆拳道
Le yoga	【lə jɔga】	瑜珈
Le canoë	【lə kanɔe】	獨木舟
La plongée	【la plɔ̃ʒe】	潛水

家居生活

02-11 MP3

Un studio	【œ̃ stydio】	一間套房
Un appartement	【œ̃ n apartmɑ̃】	一間公寓
Une maison	【yn mɛzɔ̃】	一棟房子
Une maison de campagne	【yn mɛzɔ̃ də kɑ̃paɲ】	渡假小屋
Une villa	【yn vila】	別墅
Lentrée	【lɑ̃tr】	玄關
Le salon	【lə salɔ̃】	客廳
La chambre	【la ʃɔ̃br】	臥室
Le bureau	【lə byro】	辦公室
La cuisine	【la kɥizin】	廚房
Les toilettes	【le twalɛt】	廁所
La salle de bain	【la sal də bɛ̃】	浴室
La cheminée	【la ʃəmine】	壁爐
Le balcon	【lə balkɔ̃】	陽台
Le grenier	【lə grənje】	閣樓
La cave	【la kav】	地下室

Le garage	【lə garaʒ】	車庫
Un mur	【œ̃ myr】	牆壁
Une fenêtre	【yn fnɛtr】	窗戶
Un rideau	【œ̃ rido】	窗簾
Un tapis	【œ̃ tapi】	地毯
Un placard	【œ̃ plakar】	櫃子
Une commode	【yn kɔmɔd】	有抽屜的矮櫃
Une bibliothèque	【yn bibljɔtɛk】	書櫃
Un canapé	【œ̃ kanape】	沙發
Une chaise	【yn ʃɛz】	椅子
Une table	【yn tabl】	桌子
Un lit	【œ̃ li】	床
Une table de chevet	【yn tabl də ʃəvɛ】	床頭桌
Une lampe	【yn lɔ̃p】	燈
Ue baignoire	【œ̃ bɛɲwar】	浴缸
Un lavabo	【œ̃ lavabo】	洗手台
Un robinet	【œ̃ rɔbinɛ】	水龍頭

La haute couture	【la ot kutyr】	高級訂製時裝
Un défilé	【œ̃ defile】	走秀
Un créateur de mode	【œ̃ kreatœr də mɔd】	時裝設計師
chic	【ʃik】	精緻高貴的
Le style décontracté	【lə stil dekɔ̃trakte】	休閒風
Le style romantique	【lə stil rɔmɑ̃tik】	羅曼蒂克風
Le style gothique	【lə stil gɔtik】	哥德風
Le style rock	【lə stil rɔk】	搖滾風
Le style rétro	【lə stil retro】	復古風
Le style des années 80	【lə stil de z ane katr vɛ̃】	八零年代風
Un vêtement	【œ̃ vɛtmɑ̃】	衣服
Un pantalon	【œ̃ pɑ̃talɔ̃】	褲子
Une chaussure	【yn ʃosyr】	鞋子
Une chemise	【yn ʃəmɛ̃】	男用襯衫
Un chemisier	【œ̃ ʃəmizje】	女用襯衫
Un tee-shirt	【œ̃ tiʃœrt】	t-shirt
Un débardeur	【œ̃ debardœr】	細肩帶上衣
Un pull	【œ̃ pyl】	毛衣
Un gilet	【œ̃ ʒilɛ】	背心
Une veste	【yn vɛst】	外套、西裝外套
Un costume	【œ̃ kɔstym】	西裝

Une robe	【y n r ɔ b】	禮服
Un blouson	【y n b l u z ɔ̃】	夾克
Un manteau	【œ̃ m ɑ̃ t o】	大衣
Un short	【œ̃ ʃ ɔ r t】	短褲
Un jean	【œ̃ ʒ i n】	牛仔褲
Une jupe	【y n ʒ u p】	裙子
Un sous-vêtement	【œ̃ s u v ɛ t m ɑ̃】	內衣
Un soutient-gorge	【œ̃ s u t j ɛ̃ g ɔ r ʒ】	胸罩
Un slip	【œ̃ s l i p】	三角褲
Un caleçon	【œ̃ k a l s ɔ̃】	四角褲
Une culotte	【y n k y l ɔ t】	女用內褲
Un collant	【œ̃ k ɔ l ɑ̃】	絲襪
Une chaussette	【y n ʃ o s y r】	襪子
Une chaussure à talon	【y n ʃ o s y r a t a l ɔ̃】	高跟鞋
Une botte	【y n b ɔ t】	靴子
Un escarpin	【œ̃ ɛ s k a p ɛ̃】	低口細跟高跟鞋
Une basket	【œ̃ b a s k ɛ】	球鞋
Une tong	【œ̃ t ɔ̃ g】	夾腳鞋
Une sandale	【y n s ɑ̃ d a l】	涼鞋
Les accessoires	【l e z a k s ɛ s w a r】	配件
Une boucle doreille	【y n b u k l d ɔ r ɛ j】	耳環
Un collier	【y n k ɔ l j e】	項鍊
Un bracelet	【y n b r a s l ɛ】	手環
Une bague	【y n b a g】	戒指
Une cravate	【y n k r a v a t】	領帶
Une écharpe	【y n e ʃ a r p】	圍巾

第 2 堂 詞彙課

Un gant	【œ̃ gɑ̃】	手套
Un chapeau	【œ̃ ʃapo】	帽子
Un sac à main	【œ̃ sak a mɛ̃】	手提包
Une ceinture	【yn sɛ̃tyr】	腰帶
Une montre	【yn mɔ̃tr】	手錶

化妝保養

02-13 MP3

Un rouge à lèvre	【œ̃ ruʒ a lɛvr】	口紅
Un fond de teint	【œ̃ fɔ̃ də tɛ̃】	粉底
Un mascara	【œ̃ maskara】	睫毛膏
Un fard à paupière	【œ̃ far a pɔpjɛr】	眼影
Un crayon	【œ̃ krɛjɔ̃】	眉筆
Un démaquillant	【œ̃ demakijɑ̃】	化妝水
Un produit hydradant	【œ̃ prɔdɥi idradɑ̃】	保濕產品
Un produit anti-ride	【œ̃ prɔdɥi ɑ̃ti rid】	抗皺產品
Un produit anti-âge	【œ̃ prɔdɥi ɑ̃ti aʒ】	抗老化產品
Une crème	【yn krɛm】	乳液
Une crème solaire	【yn krɛm sɔlɛr】	防曬乳液
Une crèmede jour	【yn krɛm dəʒur】	日用乳液
Une crèmede nuit	【yn krɛm dənɥi】	夜用乳液

Un gommage exfoliant	【œ̃ gɔmaʒ ɛksfɔljɑ̃】	去角質凝霜
Un masque	【yn mask】	面膜
Un après shampooing	【œ̃ aprɛ ʃɑ̃pwɛ̃】	護髮水
Un après rasage	【œ̃ aprɛ rɑzaʒ】	爽膚水
La peau sèche	【la po sɛʃ】	乾性膚質
La peau mixte	【la po mikst】	混合性膚質
La peau grasse	【la po gras】	油性膚質

法語口語短句補給站

★J'ai le coeur brisé. 我心碎了。

★Je pense à toi. 我想著你。

★Tu me manques. 我想念你

★ Je suis amoureux(se). 我戀愛了。

★ Je t'aime beaucoup. 我很喜歡你。

★ Je t'aimes bien. 我蠻喜歡你的。

★Je t'aimes. 我愛你。

★ Faites comme chez vous. （把這裡）當自己家。

★ Ne sois pas gêné(e). 別不好意思。

身體部位

02-14 MP3

La tête et le visage 頭與臉

Les cheveux (m) 【le ʃəvø】 頭髮	La peau 【la po】 皮膚	Le front 【lə frɔ̃】 額頭
Les sourcils (m) 【lə sursil】 眉毛	Les cils (m) 【le sil】 睫毛	Un oeil 【œ̃ n œj】 一隻眼睛
Les yeux (m) 【le z jø】 一雙眼睛	Les oreilles (f) 【le z ɔrɛj】 耳朵	Le nez 【lə ne】 鼻子
La bouche 【la buʃ】 嘴巴	Les lèvres (f) 【le lɛvr】 嘴唇	Les dents (f) 【le dɑ̃】 牙齒
La langue 【la lɑ̃g】 舌頭	Les joues (f) 【le ʒu】 臉頰	La mâchoir 【la maʃwar】 下顎
Le menton 【lə mɑ̃tɔ̃】 下巴		

Le corps 身體

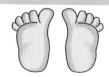

Le cou 【lə ku】 脖子	Les épaules (f) 【le z epol】 肩膀	Les bras (m) 【le bra】 手臂
Les seins (m) 【le sɛ̃】 胸部	Le ventre 【lə vɑ̃tr】 肚子	Le nombril 【lə nɔ̃bril】 肚臍
Le bas du ventre 【lə ba dy vɑ̃tr】 腹部	Le dos 【lə do】 背部	La hanche 【la ɑ̃ʃ】 腰部
Les fesses (f) 【le fɛs】 屁股	Les jambes (f) 【le ʒɑ̃b】 腿	Les mollets (m) 【le mɔlɛ】 小腿肌
Les mains (f) 【le mɛ̃】 手	Les poignets (f) 【le pwaɲɛ】 手腕	Les doigts (m) 【le dwa】 手指
Les ongles (m) 【le z ɔ̃gl】 指甲	Les pieds (m) 【le pje】 腳	Les chevilles (f) 【le ʃəvij】 腳踝
Les orteils (m) 【le z ɔrtɛj】 腳指	Le grain de beauté 【lə grɛ̃ də bote】 痣	Les poils (m) 【le pwal】 毛

Les boutons (m) 【le butɔ̃】 痘	Les rougeurs (m) 【le ruʒœr】 紅斑	Les rides (f) 【le rid】 皺紋
Une cicatrice 【yn sikatris】 疤痕、傷痕	Une blessure 【yn blesyr】 傷口	Une bosse 【yn bɔs】 腫塊

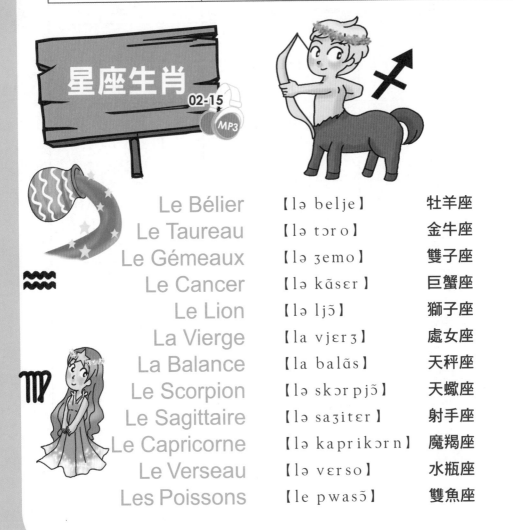

星座生肖

02-15
MP3

Le Bélier	【lə belje】	牡羊座
Le Taureau	【lə tɔro】	金牛座
Le Gémeaux	【lə ʒemo】	雙子座
Le Cancer	【lə kɑ̃sɛr】	巨蟹座
Le Lion	【lə ljɔ̃】	獅子座
La Vierge	【la vjɛrʒ】	處女座
La Balance	【la balɑ̃s】	天秤座
Le Scorpion	【lə skɔrpjɔ̃】	天蠍座
Le Sagittaire	【lə saʒitɛr】	射手座
Le Capricorne	【lə kaprikɔrn】	魔羯座
Le Verseau	【lə vɛrso】	水瓶座
Les Poissons	【le pwasɔ̃】	雙魚座

Le rat	【l ə r a】	鼠
Le buffle	【l ə b y f l】	牛
Le tigre	【l ə t i g r】	虎
Le lapin	【l ə l a p ɛ̃】	兔
Le dragon	【l ə d r a g ɔ̃】	龍
Le serpent	【l ə s ɛ r p ɑ̃】	蛇
Le cheval	【l ə ʃ ə v a l】	馬
La chèvre	【l ɑ ʃ ɛ v r】	羊
Le singe	【l ə s ɛ̃ ʒ】	猴
Le coq	【l ə k ɔ k】	雞
Le chien	【l ə ʃ j ɛ̃】	狗
Le cochon	【l ə k ɔ ʃ ɔ̃】	豬

第2堂 詞彙課

情感個性

02-16 MP3

情感	陽性	陰性
戀愛了	amoureux 【a m u r ø】	amoureuse 【a m u r ø z】
幸福的	heureux 【œ r ø】	heureuse 【œ r ø z】
快樂的	content 【k ɔ̃ t ɑ̃】	contente 【k ɔ̃ t ɑ̃ t】

愉快的	joyeux【ʒwajø】	joyeuse【ʒwajøz】
瘋了	fou【fu】	folle【fɔl】
被感動了	ému【emy】	émue【emy】
不幸的	malheureux【malœrøl】	malheureuse【malœrøz】
悲傷的	triste【trist】	triste【trist】
緊張的	nerveux【nɛrvø】	nerveuse【nɛrvøz】
不自在的	gêné【ʒene】	gênée【ʒene】
尷尬的	embarrassé【ãbarase】	embarrassée【ãbarase】
煩悶的	ennuyé【ãnɥije】	ennuyée【ãnɥije】
個性	陽性	陰性
誠實的	honnête【ɔnɛt】	honnête【ɔnɛt】
大方的	généreux【ʒenerø】	généreuse【ʒenerøz】
誠懇的	sincère【sɛ̃sɛr】	sincère【sɛ̃sɛr】

熱心的	chaleureux 【ʃalœrø】	chaleureuse 【ʃalœrøz】
認真的	sérieux 【serjø】	sérieuse 【serjøz】
親切的	sympathique 【sɛ̃patik】	sympathique 【sɛ̃patik】
溫柔善良的	gentil 【ʒɑ̃til】	gentille 【ʒɑ̃tij】
善於交際的	sociable 【sɔsjabl】	sociable 【sɔsjabl】
友善的	amical 【amikal】	amicale 【amikal】
聰明的	intelligent 【ɛ̃tɛliʒɑ̃】	intelligente 【ɛ̃tɛliʒɑ̃t】
乖巧懂事的	sage 【saʒ】	sage 【saʒ】
值得信賴的	fiable 【fjabl】	fiable 【fjabl】
好奇的	curieux 【kyrjø】	curieuse 【kyrjøz】
自私的	égoïste 【egɔist】	égoïste 【egɔist】
膽小的	lâche 【laʃ】	lâche 【laʃ】
視野狹隘的	borné 【bɔrne】	bornée 【bɔrne】

第 **2** 堂

詞彙課

愚蠢的	bête 【bɛt】	bête 【bɛt】
固執的	têtu 【tɛty】	têtue 【tɛty】
笨手笨腳的	maladroit 【maladrwa】	maladroite 【maladrwat】

自然災難

02-17 MP3

Un typhon	【œ tifɔ̃】	颱風
Une tempête	【yn tɑ̃pɛt】	暴風雨
Une tempête hivernale	【yn tɑ̃pɛt ivɛrnal】	冰風暴
Un orage	【œ n ɔraʒ】	雷雨
Une inondation	【yn inɔ̃dasjɔ̃】	水災
Une avalanche	【yn avalɑ̃ʃ】	雪崩
Un glissement de terrain	【œ glismɑ̃ də tɛrɛ̃】	山崩
Un tsunami	【œ tsymami】	海嘯
Un tremblement de terre	【œ trɑ̃blmɑ̃ də tɛr】	地震
Une secheresse	【yn seʃrɛs】	旱災
Une canicule	【yn kanikyl】	熱浪
Un incendie	【œ n ɛ̃sɑ̃di】	火災

Un mari	【œ̃ mari】	丈夫
Une femme	【yn fam】	太太
Un père	【œ̃ pɛr】	父親
Une mère	【yn mɛr】	母親
Un papa	【œ̃ papa】	爸爸
Une maman	【yn mamã】	媽媽
Un grand-père	【œ̃ grãpɛr】	外公
Une grande-mère	【yn grãmɛr】	外婆
Un fils	【œ̃ fis】	兒子
Une fille	【yn fij】	女兒
Un petit-fils	【œ̃ pətifis】	孫子
Une petite-fille	【yn pətitfij】	孫女
Un frère	【œ̃ frɛr】	兄弟
Une soeur	【yn sœr】	姐妹
Un cousin	【œ̃ kuzɛ̃】	表兄弟
Une cousine	【yn kuzin】	表姐妹
Un oncle	【œ̃ n ɔ̃kl】	叔叔
Une tante	【yn tãt】	阿姨
Un neveu	【œ̃ nvø】	姪子
Une nièce	【yn njɛs】	姪女
Un petit copain	【œ̃ pəti kɔpɛ̃】	男朋友

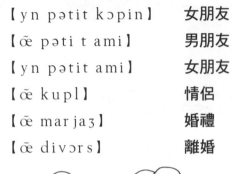

Une petite copine	【yn pǝtit kɔpin】	女朋友
Un petit ami	【œ̃ pǝti t ami】	男朋友
Une petite amie	【yn pǝtit ami】	女朋友
Un couple	【œ̃ kupl】	情侶
Un mariage	【œ̃ marjaʒ】	婚禮
Un divorce	【œ̃ divɔrs】	離婚

美食饗宴

02-19 MP3

Un repas	【œ̃ rǝpa】	一餐
Le petit déjeuner	【lǝ pǝti deʒœne】	早餐
Le déjeuner	【lǝ deʒœne】	午餐
Le dîner	【lǝ dine】	晚餐
Le couvert	【lǝ kuvɛr】	餐具
La fourchette	【la furʃɛt】	叉子
La cuillère	【la kɥijɛr】	湯匙
Le couteau	【lǝ kuto】	刀子
Des baguettes	【de bakɛt】	筷子
L'assiette (f)	【lasjɛt】	盤子
Le bol	【lǝ bɔl】	碗
Le verre	【lǝ vɛr】	杯子
Des serviettes	【de sɛrvjɛt】	餐巾紙

La viande	【la vjɑ̃d】	肉類
Le boeuf	【lə bœf】	牛肉
Le porc	【lə pɔr】	豬肉
L'agneau (m)	【laɲo】	羊肉
Le poulet	【lə pulɛ】	雞肉
La dinde	【la dɛ̃d】	火雞肉
Le poisson	【lə pwasɔ̃】	魚
La crevette	【la krəvɛt】	蝦子
Les crustacés	【le krystase】	帶殼類海鮮
L'apéritif (m)	【laperitif】	餐前酒
L'amuse-gueule(m)	【lamyzgœl】	餐前小點心
L'entrée (f)	【lɑ̃tre】	前菜
La salade	【la salad】	沙拉
La salade verte	【la salad vɛr】	蔬菜沙拉
La salade niçoise	【la salad niswaz】	尼斯沙拉
Le saucisson	【lə sosisɔ̃】	香腸
Le jambon fumé	【lə ʒɑ̃bɔ̃ fyme】	煙燻火腿
Le jambon cru	【lə ʒɑ̃bɔ̃ kry】	生火腿
La soupe aux oignons	【la sup o z—ɔɲɔ̃】	洋蔥湯
Le fois gras	【lə fwa gra】	鵝肝醬
Les huîtres	【le z—ɥitr】	生蠔
Le plat	【lə pla】	主菜
La côte de porc	【la kot də pɔr】	豬排料理
Le poisson pané	【lə pwasɔ̃ pane】	炸魚排
Lescalope de poulet (f)	【lɛskalɔp də pulɛ】	雞排料理

第**2**堂 詞彙課

Le boeuf bourguignon	【lə bœf burkiɲɔ̃】	紅酒燉牛肉
L'entrecôte (f)	【lãtrəkot】	牛肋排
Le coq au vin	【lə kɔk o vɛ̃】	紅酒燉雞
La fondue savoyarde	【la fɔ̃dy savwajard】	乳酪火鍋
La tartiflette	【la tartiflɛt】	乳酪焗烤馬鈴薯
La bouillabaisse	【la bujabɛs】	馬賽魚湯
La choucroute	【la ʃukrut】	醃酸菜
Le cassoulet	【lə kasulɛ】	大豆燉鴨腿肉
Le steak tartare	【lə stɛk tartar】	韃靼生肉
Le dessert	【lə desɛr】	甜點
L'île flottante (f)	【lil flɔtãt】	漂浮島
La créme brûlée	【la krɛm bryle】	焦糖布丁
La tarte aux chocolat	【la tart o ʃɔkɔla】	巧克力派
La tarte au caramel	【la tart o karamɛl】	焦糖派
Le fondant au chocolat	【lə fɔ̃dã o ʃɔkɔla】	巧克力溶漿蛋糕
Le profiterole	【lə prɔfitrɔl】	泡芙
La poire belle Hélène	【la pwar bɛl elɛn】	巧克力酒漬蜜梨
La salade aux fruits frais	【la salad o frɥi frɛ】	水果沙拉
La crèpe	【la krɛp】	可樂餅
La glace à la vanille	【la glas a la vanij】	香草冰淇淋
Le sorbet	【lə sɔrbɛ】	冰沙
Le fromage	【lə frɔrmaʒ】	乳酪

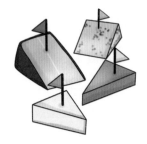

酒茶飲料

02-20 MP3

L'alcool(m)	【alkɔl】	酒精類
Le vin	【lə vɛ̃】	酒
Le vin rouge	【lə vɛ̃ ruʒ】	紅酒
Le vin blanc	【lə vɛ̃ blɑ̃】	白酒
Le vin de table	【lə vɛ̃ də tabl】	餐桌酒
Le rosé	【lə roze】	粉紅酒
Le cidre	【lə sidr】	蘋果酒
Le champagne	【lə ʃɑ̃paɲ】	香檳
Leau-de-vie	【lodəvi】	燒酒
Le Cognac	【lə kɔɲak】	干邑
Le calvados	【lə kalvados】	蘋果燒酒
Le pastis	【lə pastis】	茴香酒
Le kir	【lə kir】	黑醋栗白酒
Le kir royal	【lə kir rwajal】	黑醋栗白酒香檳
Le rhum	【rɔm】	萊姆酒
La vodka	【la vodka】	伏特加
Le cocktail	【lə kɔktɛl】	雞尾酒
Le thé	【lə te】	茶
Le thé vert	【lə te vɛr】	綠茶
Le thé noir	【lə te nwar】	紅茶

Le jus	【lə ʒy】	果汁
Le jus d'orange	【lə ʒy dɔrɑ̃ʒ】	柳橙汁
Le lait	【lə lɛ】	牛奶
Le lait écrémé	【lə lɛ ekreme】	脫脂牛奶
Un café	【œ̃ kafe】	咖啡
Un grand créme	【œ̃ grɑ̃ krɛm】	大杯拿鐵
Une bière	【yn bjɛr】	啤酒
Une pression	【yn prɛsjɔ̃】	生啤酒
Un coca	【œ̃ kɔka】	可樂
L'eau (f)	【lo】	水
L'eau minéral	【lo mineral】	礦泉水
L'eau plate	【lo plat】	礦泉水
L'eau gazeuse	【lo gazøz】	汽泡礦泉水
L'eau pétillante	【lo petijɑ̃t】	汽泡礦泉水

02-21
MP3

Un fruit	【œ frɥi】	水果
Une légume	【yn legym】	蔬菜
Une pomme	【yn pɔm】	蘋果
Une orange	【yn n ɔrɑ̃ʒ】	柳橙
Une goyave	【yn gɔjav】	芭樂
Une clémentine	【yn klemɑ̃tin】	柑桔
Une poire	【yn pwar】	梨
Un raisin	【œ rɛzɛ̃】	葡萄
Une cerise	【yn səriz】	櫻桃
Une fraise	【yn frɛz】	草莓
Une framboise	【yn frɑ̃bwaz】	覆盆子
Un abricot	【œ abriko】	李子
Une pêche	【yn pɛʃ】	水蜜桃
Un melon	【yn məlɔ̃】	哈密瓜
Une pastèque	【yn pastɛk】	西瓜
Un ananas	【œ ananas】	鳳梨
Un pamplemousse	【œ pɔ̃pləmus】	葡萄柚
Un litchi	【œ liʃi】	荔枝

Un citron	【œ̃ sitrɔ̃】	檸檬
Un avocat	【œ̃ n avɔka】	酪梨
Une pomme de terre	【yn pɔm də tɛr】	馬鈴薯
Une tomate	【yn tɔmat】	蕃茄
Une carotte	【yn karɔt】	紅蘿蔔
Un navet	【œ̃ navɛ】	蘿蔔
Un radis	【œ̃ radi】	紅皮白蘿蔔
Une aubergine	【yn obɛrʒin】	茄子
Une asperge	【œ̃ aspɛrʒ】	蘆筍
Un oignon	【œ̃ oɲɔ̃】	洋蔥
Un poireau	【œ̃ pwaro】	大蔥
Un poivron vert	【œ̃ pwavrɔ̃ vɛr】	青椒
Une patate douce	【yn patat dus】	地瓜
Un artichaut	【œ̃ artiʃo】	洋薊
Une endive	【yn ɑ̃div】	苦苣
Des haricots verts	【de z ariko vɛr】	四季豆
Un maïs	【œ̃ mais】	玉米
Un céleri	【œ̃ sɛlri】	芹菜
Un brocoli	【œ̃ brɔkɔli】	花椰菜
Une courgette	【yn kurʒɛt】	節瓜
Un concombre	【œ̃ kɔ̃kɔ̃br】	黃瓜
Un chou chinois	【œ̃ ʃu ʃinwa】	白菜
Une laitue	【yn lety】	萵苣
Des pousses de soja	【de pus də sɔʒa】	豆芽菜
Un champignon	【œ̃ ʃɑ̃piɲɔ̃】	洋菇

Le vinaigre	【lə vinɛgr】	醋
Le balsamique	【lə balsamik】	義大利黑醋
La sauce de soja	【la sos də sɔʒa】	醬油
Le sucre	【lə sykr】	糖
Le sel	【lə sɛl】	鹽
La fleur de sel	【lɑ flœr də sɛl】	鹽花
L'huile (f)	【lɥil】	油
Le beurre	【lə bœr】	牛油
L'huile d'olive(f)	【lɥi dɔliv】	橄欖油
La moutarde	【la mutard】	芥末
La moutarde de Dijon	【la mutard də diʒɔ̃】	迪戎芥末
La mayonnaise	【la majɔnɛz】	美乃滋
Le ketchup	【lə kɛʃap】	蕃茄醬
L'échalote (f)	【leʃalɔt】	紅蔥
La ciboulette	【la sibulɛt】	蔥
L'ail (m)	【laj】	大蒜
Le piment	【lə pimɑ̃】	辣椒
Le gimgembre	【lə gɛ̃gɑ̃br】	薑
Le persil	【lə pɛrsil】	香芹
Le basilic	【lə bazilik】	九層塔

Le romarin	【lə rɔmarɛ̃】	迷迭香
Le thym	【lə tɛ̃】	百里香
La menthe	【la mɑ̃t】	薄荷
La coriandre	【la kɔrjɑ̃dr】	香菜
Le poivre	【lə pwavr】	胡椒

詢問方向

02-23 MP3

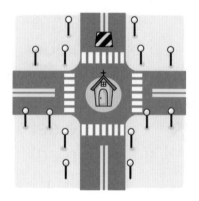

À lest (m)	【a lɛst】	在東邊
À l'ouest (m)	【a lwɛst】	在西邊
Au sud (m)	【o syd】	在南邊
Au nord (m)	【o nɔr】	在北邊
Ici	【isi】	這裡
Là-bas	【laba】	那裡
Devant	【dvɑ̃】	在前面
Derrière	【dɛrjɛr】	在後面
Tout droit	【tu drwa】	直直地
À gauche	【a goʃ】	在左邊
À droite	【a drwat】	在右邊
Au milieu	【o miljø】	在中間

nord 北
西 ← 東
ouest   est
南
sud

廚房用具

02-24

MP3

Les ustensiles(m)	【 le z ystɑ̃sil 】	用具器皿
Une poêle	【 yn pwal 】	平底鍋
Une cocotte minute	【 yn kɔkɔt minɥit 】	壓力鍋
Une marmitte	【 yn marmit 】	鍋子
Un mixeur	【 œ̃ miksœr 】	果汁機
Un couvercle	【 œ̃ kuvɛrkl 】	鍋蓋
Une pelle	【 yn pɛl 】	鍋鏟
Une planche à découper	【 yn plɑ̃ʃ a dekupe 】	砧板
Un couteau	【 œ̃ kuto 】	刀
Une spatule	【 yn spatyl 】	抹刀
Une louche	【 yn luʃ 】	勺子
Un fouet	【 œ̃ fwɛ 】	打蛋器
Un éplucheur	【 œ̃ n eplyʃœr 】	削皮刀
Une passoire	【 yn paswar 】	濾勺、濾器
Un plat à gratin	【 œ̃ pla a gratɛ̃ 】	焗烤用盤
Une essoreuse	【 yn esɔrøz 】	沙拉脫水器
Un papier aluminum	【 œ̃ papje alyminiɔm 】	錫箔紙
Un papier essuie-tout	【 œ̃ papje esɥitu 】	萬用紙巾
Un sopalin	【 œ̃palɛ̃ 】	萬用紙巾
Un tire-bouchon	【 œ̃ tir buʃɔ̃ 】	開酒瓶器

Un ouvre-boîte	【œ̃ n uvr bwat】	開罐器
Une éponge	【yn epɔ̃ʒ】	海綿
Un moule	【œ̃ mul】	模子
Une boîte à café	【yn bwat a kafe】	咖啡罐
Un bocal	【œ̃ bɔkal】	瓶子
Une boîte hermétique	【yn bwat ɛrmetik】	保鮮盒
Un sac hermétique	【œ̃ sak ɛrmetik】	保鮮袋

家電用品

02-25 MP3

Un frigo	【œ̃ frigo】	冰箱
Un micro-onde	【œ̃ mikroɔ̃d】	微波爐
Un four	【œ̃ fur】	烤箱
Un grille pain	【œ̃ grijpɛ̃】	烤麵包機
Une plaque életrique	【yn plak elɛtrik】	電爐
Une machine à café	【yn maʃin a kafe】	咖啡機
Une bouilloire	【œ̃ bujwar】	熱水機
Une machine à laver	【yn maʃin a lave】	洗衣機
Un sèche-linge	【œ̃ sɛʃlɛ̃ʒ】	烘衣機
Un sèche-cheveux	【œ̃ sɛʃʃəvø】	吹風機
Un chauffage	【œ̃ ʃofaʒ】	暖氣
Un radiateur électrique	【œ̃ radjatœr elɛtrik】	電暖爐
Un ventilateur	【œ̃ vɑ̃tilatœr】	電風扇

Un climatiseur	【œ̃ klimatizœr】	冷氣機
Un aspirateur	【œ̃ n aspiratœr】	吸塵器
Une télé	【yn tele】	電視
Une télécommande	【yn telekɔmɑ̃d】	搖控器
Un lecteur de DVD	【œ̃ lɛktœr də devede】	
	DVD播放機	
Une chaîe Hi-Fi	【œ̃ ʃɛn ifi】	音響
Un téléphone	【yn telefɔn】	電話
Un téléphone portable	【œ̃ telefɔn pɔrtabl】	手機
Un ordinateur	【œ̃ n ɔrdinatœr】	電腦
Un ordinateur portable	【œ̃ n ɔrdinatœr pɔrtabl】	筆電
Un apparail photo numérique	【œ̃ n aparɛj fɔtɔ nymerik】	
	數位相機	

日常生活

02-26

MP3

Regarder la télé	【rəgarde la tele】	看電視
Écouter de la musique	【ekute də la mysik】	聽音樂
Boire du café	【bwar dy kafe】	喝咖啡
Goûter ce plat	【gute sə pla】	嚐這道菜
Manger	【mɑ̃ʒe yn salad】	吃
Aller aux toilettes	【ale o twalɛt】	上廁所
Respirer	【rɛspire】	呼吸

Sentir	【sãtir】	聞
Dormir	【dɔrmir】	睡覺
Se lever	【sə ləve】	起床
Se brosser les dents	【sə brɔse le dã】	刷牙
Se laver	【sə lave】	洗澡
Se déshabiller	【sə dezabije】	脫衣服
S'habiller	【sabije】	穿衣服
Se maquiller	【sə makije】	化妝
Parler	【parle】	說話
Dire	【dir】	講
Marcher	【marʃe】	走路
Prendre le métro	【prãdr lə metro】	搭地鐵
Prendre le bus	【prãdr lə bys】	搭公車
Prendre un taxi	【prãdr œ̃ taksi】	搭計程車
Travailler	【travaje】	工作
Étudier	【ekute】	念書
Acheter	【aʃte】	買
Vendre	【vãdr】	賣
Vouloir	【vulwar】	要
Pouvoir	【puvwar】	能
Devoir	【dəvwar】	應該
Faire la lessive	【fɛr la lesiv】	洗衣服
Faire la vaisselle	【fɛr la vɛsɛl】	洗碗
Ranger la maison	【rãʒe la mɛzɔ̃】	打掃屋子
Faire les courses	【fɛr le kurs】	買菜
Faire du shopping	【fɛr dy ʃopiŋ】	逛街

法語口語短句補給站

★Comment allez-vous? 您好嗎？

★Quoi de neuf? 最近忙什麼？

★À bientôt. 待會見、再見。

★Comment vous appelez-vous? 您叫什麼名字？

★Merci beaucoup. 多謝。

★Il n'y a pas de quoi. 不客氣。

★Je vous en prie. 別客氣。

★Excusez-moi. 對不起。／不好意思。

★Je suis vraiment désolé(e). 我真的很抱歉。

★Ce n'est pas ta faute. 這不是你的錯。

★Tu as raison. 你說的對。

★Il n'y a pas de problème. 沒問題。

★C'est hors de question! 想得美！

Leçon 3

第3堂
文法課
法語基礎文法輕鬆學

❶ 名詞　　　　❷ 形容詞　　　　❸ 冠詞

❹ 介系詞　　　❺ 代名詞　　　　❻ 動詞

❼ 副詞　　　　❽ 疑問句　　　　❾ 否定句

❿ 表示原因　　⓫ 表示結果　　　⓬ 表示對比

⓭ 表示時間　　⓮ 其它表達方式

⓯ 生活口語短句馬上說

法語常識小問答

問： 法文與英文的差異很大嗎？

答：是的。英文屬於日耳曼語系，法文則是如同西班牙文、義大利文、葡萄牙文或羅馬尼亞文，都是屬於拉丁語系，此外英文在性與格上都已漸漸示微，但是法文卻仍保有陰陽性、單複數、詞性與格等特徵。

問： 法文文法真的很難嗎？

答：就像一個人的骨骼每一段都是環環相扣的，法文的文法也是如此，主詞的性與數、動詞的變化與意義或句型的結構都是讓初學者比較難適應的地方，其實法文並不是比較難，只是我們不習慣陰陽性、動詞變化而已，就像一開始或許不適應英文的疑問句要使用助動詞構句一樣。

1. 名詞

❶ 陰性與陽性名詞

法語的名詞可區分為「陰性」與「陽性」，例如téléphone（電話）是陽性名詞而télévision（電視）是陰性名詞；若一組陰性複數名詞中加入一個陽性名詞，則整組變成陽性複數名詞，例如三位女學生的詞性是陰性複數，若多了一位男學生則變成陽性複數。

(1) 陰性名詞簡易辨別法

① 大部份以e或té結尾的名詞。

例如 école（學校）、université（大學）

② 以tion、sion或ence結尾的名詞。

例如 conversation（對話）、télévision（電視）、expérience（經驗）

(2) 陽性名詞簡易辨別法。

① 以eau或ment結尾的名詞。

例如 bureau（辦公室）、mouvement（動作）

② 以isme或oir結尾的名詞。

例如 impressionisme（印象派）、soir（晚上）

(3) 其它辨別法：

① 以名詞本身所代表的性別做為區分。

例如 homme（男人）、garçon（男孩）：陽性名詞

例如 fille（女孩）、femme（女人）：陰性名詞

② 在陽性名詞後追加e或改成se形成陰性名詞。

例如 ami（男性朋友）➔ amie（女性朋友）

例如 chanteur（男歌手）➔ chanteuse（女歌手）

❷ 單數與複數名詞

由單數名詞變為複數名詞的方法。

① 字尾加s。

例如 un ami（一位男性朋友）➔ des amis（一些朋友）

例如 un enfant（一個小孩）➔ des enfants（一些小孩）

② 在字尾eau或eu後方加x。

例如 un bureau（一間辦公室）➔ des bureaux（一些辦公室）

例如 un cheveu（一根頭髮）➔ des cheveux（一些頭髮）

③ 字尾al ➔ aux。

例如 un animal（一隻動物）➔ des animaux（一些動物）

例如 un hôpital（一間醫院）➔ des hôpitaux（一些醫院）

④ 字尾已是s或x時不變。

例如 un pays（一個國家）➔ des pays（一些國家）

2. 形容詞

❶ 陰性與陽性名詞

　　法語的形容詞也可區分為「陰性」與「陽性」，例如beau（帥氣）是陽性形容詞，belle（美麗）是陰性形容詞。

(1) 由陽性變為陰性的方法。

① 以e結尾的形容詞是陰陽同型。

> 例如　sympatique（親切的）、rouge（紅色的）

② 字尾加上e。

> 例如　grand ➜ grand（大的）、poli ➜ polie（有禮貌的）

③ 字尾er變成ère。

> 例如　sincer ➜ sincère（真誠的）、étranger ➜ étrangère（外國的）

④ 重複字尾el ➜ elle或en ➜ enne。

> 例如　traditionnel ➜ traditionelle（傳統的）、européen ➜ éuropéenne（歐洲的）

⑤ 字尾f ➜ v；c ➜ che；eux ➜ euse；eau ➜ elle。

> 例如　naïf ➜ naïve（天真的）、blanc ➜ blanche（白色的）

> 例如　amoureux ➜ amoureuse（戀愛的）、nouveau ➜ nouvelle（新的）

❷ 單數與複數形容詞

(1) 由單數變為複數的方法。

① 字尾加s。

例如 facile ➜ faciles（簡單的）、belle ➜ belles（美麗的）

② 字尾eau ➜ eaux；al ➜ aux。

例如 nouveau ➜ nouveaux（新的）、spécial ➜ spéciaux（特別的）

❸ 形容詞與名詞的配合

形容詞必須依據名詞的陰陽性與單複數做配合，例句C'est une personne sincère et généreuse.（這是一個真誠大方的人。）personne（人）是陰性單數名詞，所以形容詞真誠與大方都要變為陰性單數型sinère、généreuse。

❹ 形容詞的位置

幾乎所有的形容詞都放置在名詞後面，例如une femme française（法國女人）、un étudiant étranger（外國學生）；置於名詞前的形容詞：beau（好看的）、joli、（漂亮的）jeune、（年輕的）petit（小的）、grand（大的）、mauvais（壞的）、nouveau（新的）等，例如un mauvais souvenir（不好的回憶）、une belle journée（美好的一天）。

❺ 所有格形容詞

法語的所有格也可區分為「陰性」、「陽性」與「單數」、「複數」，根據名詞的陰陽性與單複數做配合及變化。

	陽性	陰性	陽性及陰性
	單數名詞		複數名詞
我的	mon	ma	mes
你的	ton	ta	tes
他／她的	son	sa	ses

我們的	notre	nos
你們的	votre	vos
他／她們的	leur	leurs

例如 C'est mon mari/ma femme.（這是我的老公／我的老婆。）

例如 Ton blouson est tombé par terre.（你的外套掉到地上了。）

❻ 指示形容詞

指示形容詞表示說話者指明某事物或某人，類似中文的「這」、「那」，根據名詞的陰陽性與單複數做配合及變化可區分為「陰性」、「陽性」與「單數」、「複數」。

	單數名詞	複數名詞	母音或啞音(h)為首的名詞
陽性	ce	ces	cet
陰性	cette		cette

例如 Cette fille, elle sait parler huit langues.（這個女孩，她會說八國語言。）

例如 Excusez-moi, est-ce que ce train va à Taipei?（不好意思，這班火車是開往台北的嗎？）

❼ 整體、每一份子的表達方式：TOUT

Tout（全部）配合名詞的陰陽性與單複數做變化。

	單數名詞	複數名詞
陽性	tout le 【tu lə】	tous les 【tu le】
陰性	toute la 【tut la】	toutes les 【tut le】

例如 J'ai mangé tout le pain.（我把麵包都吃光了。）

例如 J'ai fini tous les livres.（我讀完所有的書。）

3. 冠詞

❶ 定冠詞

(1) 定冠詞的使用時機

① 當說話者與聽話者都知道所指稱的名詞是什麼的時候使用，類似英語的the。

② 具有普遍意義的名詞，例如le cinéma（電影）、la philosophie（哲學）等。

③ 地名、國家、語言、人民、季節、節日及日期等都要冠上定冠詞，例如la Normandie（諾曼地）、la Chine（中國）、les Américains（美國人）、l'été（夏天）、la fête nationale（國慶日）、le 14 juillet（七月十四日）。

(2) 定冠詞的類型

如同形容詞，定冠詞也會根據名詞的陰陽性與單複數做配合與變化。

	單數名詞	複數名詞	母音或啞音(h)為首的名詞
陽性	le	les	l'
陰性	la		

 L'habit ne fait pas le moine.（別以貌取人。）

 La Provence est dans le sud de la France.（普羅旺斯在法國南部。）

(3) 與介系詞à以及de的結合

請參考介系詞篇。

❷ 不定冠詞

(1) 不定冠詞的使用時機

當說話者想要表示一個、一些的時候使用，例句C'est une actrice très connue.（這是一位很有名的女演員。）J'ai acheté des vêtements et un pantalon.（我買了一些衣服和一條褲子。）。

(2) 不定冠詞的類型

	單數名詞	複數名詞	母音或啞音(h)為首的名詞
陽性	un	des	無縮寫
陰性	une		

例如 Je vais à une soirée.（我要去一個派對。）

例如 Je vais voir des amis.（我要去見些朋友。）

❸ 部份冠詞

(1) 部份冠詞的使用時機

當說話者無法確定數量或只拿走整體的一部份時使用，例如Je bois de l'eau.（我喝水。）在這裡說話者沒有講明要喝多少的水，所以用部份冠詞修飾水；Tu veux du gâteau?（你要蛋糕嗎？）在這裡說話者沒有確切問對方要多少蛋糕，所以用部份冠詞修飾蛋糕；其它例句如Je veux prendre du café.（我要喝咖啡。）Tu as de la chance !（你真幸運！）。

(2) 部份冠詞的類型

	單數名詞	母音或啞音(h)為首的名詞
陽性	du	de l'
陰性	de la	

例如 Tu as de la monnaie.（你有零錢嗎？）

例如 Je vais retirer de l'argent.（我要去提錢。）

❸ 冠詞的省略

① 當說話者表達了明確的數量時冠詞會被省略，例如 Je voudrais un verre d'eau.（我想要一杯水。）、Tu veux un morceau de gâteau?（你要一塊蛋糕嗎？）、Je voudrais 500 grammes d'arbicots.（我要五百公克的杏李。）。

② 遇到表示數量、份量或程度的副詞時也省略冠詞，例如 Je bois beaucoup de bière.（我喝很多啤酒。）、Il a trop de problèmes.（他的問題太多了。）、或是 Tu veux combien d'argent?（你要多少錢？）。

4. 介系詞

❶ 介系詞à的使用時機

① 表示時間，在什麼時候

例如 Le film commence à 2 heures.（電影兩點開始。）

例如 On part à midi.（我們中午出發。）

② 表示地點、目的地，在哪裡、到哪裡，類似英文的to

例如 Je reste à la maison.（我待在家。）

例如 Je vais au Louvre.（我要去羅浮宮。）

③ 表示對象

例如 Je parle à toi.（我在和你說話。）

例如 Bonne soirée à tous.（祝大家有一個美好的夜晚。）

④ 表示口味

例如 Je voudrais un pain au chocolat.

（我要一個巧克力麵包。）

例如 C'est une glace à la vanille.（這是香草口味冰淇淋。）

❷ 介系詞de的使用時機

① 表示來源與起點，從哪來、源自哪裡，類似英文的from

例如 La boulangerie Paul vient de la France.

（保羅麵包店來自法國。）

例如 Taïwan est près du Japon.（台灣離日本很近。）

② 表示從屬，誰的，類似英語的of

例如 C'est le petit ami de Sophie.（這是蘇菲的男朋友。）

例如 Ce sont les livres de Marc.（這些是馬克的書。）

③ 數量副詞補語

例如 Je voudrais un verre de vin.（我要一杯酒。）

例如 Combien de personne vient ce soir?

（今晚多少人會來？）

❸ 與定冠詞le/la/les的結合

① à+le（陽性單數定冠詞）結合為au

例如 au chocolat（巧克力口味）

② à+la（陰性單數定冠詞）不結合

例如 à la banque（在銀行）

③ à+les（複數定冠詞）結合為aux

例如 aux pommes（蘋果口味）

④ de+le（陽性單數定冠詞）結合為du

例如 du Maroc（源自摩洛哥）

⑤ de+la（陰性單數定冠詞）不結合

例如 de la France（源自法國）

⑥ de+les（複數定冠詞）結合為des

例如 des souvenirs（一些回憶）

第**3**堂

文法課

❹ 其它介系詞

① sur（在…的上面）

例如 Le livre est sur la table.（書在桌上。）

② devant（在…的前面）

例如 Il est assis devant moi.（他坐在我前面。）

③ derrière（在…的後面）

例如 Il y a quelqu'un derrière moi.（我後面有人。）

④ dans（在…的裡面）

例如 Je suis dans le métro.（我在搭地鐵。）

⑤ vers（朝著…）

例如 Il regarde vers nous.（他朝我們這裡看。）

5. 代名詞

❶ 主詞代名詞

(1) 什麼是主詞代名詞

我們使用主詞代名詞代替主詞，以避免在書寫或說話中重覆主詞，主詞可以是人也可以是物品或事件。

(2) 主詞代名詞的挑選

主詞的人稱數、陰陽性與單複數決定主詞代名詞，例如Marc et moi, nous sommes amis depuis 10 ans.（馬克和我，我們是十年的朋友了。）句中馬克和我是第一人稱複數，所以使用主詞代名詞nous代替；Ces pêches sont bonnes. Elles sont à combien?（這些桃子很好吃，多少錢？）此句中pêches（桃子）是第三人稱陰性複數，所以使用主詞代名詞elles代替。

(3) 主詞代名詞與動詞的配合

主詞代名詞的人稱數與單複數決定動詞的變化，例如動詞marcher（走路）遇到第一人稱單數Je（我）的時候變成Je marche.（我在走路。），遇到第一人稱複數Nous（我們）的時候變成Nous marchons.（我們在走路。）。

(4) 主詞代名詞的類型

	單數		複數	
	主詞	主詞代名詞	主詞	主詞代名詞
第一人稱	我	Je	我們	Nous
第二人稱	你	Tu	你們	Vous
第三人稱	他／她	Il/Elle	他／她們	Ils/Elles

❷ 重讀人稱代名詞

(1) 什麼是重讀人稱代名詞

重讀人稱代名詞主要具有下列功能：

① 強調主詞或代名詞

 Lui, il ne connais rien. Mais moi, je connais toute l'histoire.

（他？他完全不知情，但是我，我知道整個事件。）

 Moi, je suis jamais allé au Japon, mais elle, elle y va presque tous les mois. （我，我從沒去過日本，但是她，她幾乎每個月都去。）

② 放置於介系詞（前置詞）之後

例如 Nous allons chez eux ce soir. （我們今晚要去他們家。）

例如 Il parle beaucoup de toi. （他常聊到你。）

③ 放置於C'est之後

例如 C'est toi qui as fait cette erreur. （這是你犯的錯。）

例如 C'est lui, ton patron? （是他嗎？你的老闆？）

(2) 重讀人稱代名詞的挑選

與主詞代名詞相同。

(3) 重讀人稱代名詞與動詞的配合

與主詞代名詞相同。

(4) 重讀人稱代名詞的類型

	單數		複數	
	主詞	重讀人稱代名詞	主詞	重讀人稱代名詞
第一人稱	我	moi	我們	nous
第二人稱	你	toi	你們	vous
第三人稱	他／她	lui/elle	他／她們	eux/elles

❸ 直接受詞的代名詞

(1) 什麼是直接受詞

當動詞與受詞之間不用依賴介系詞（前置詞）做媒介時，此時的受詞稱成直接受詞，例如**Je vais** vendre mon ordinateur.（我要賣我的電腦。），句中名詞mon ordinateur（我的電腦）就是動詞vendre（賣）的直接受詞。

(2) 什麼是直接受詞的代名詞 *COD*

顧名思義就是指取代直接受詞的代名詞，例如**Je vais** vendre mon ordinateur ➜ **Je vais** le vendre.，第二句中的le就是第一句中的直接受詞mon ordinateur（我的電腦）的代名詞。

(3) 直接受詞的代名詞的挑選

直接受詞的陰陽性與單複數決定代名詞，例如在**Je vais** vendre mon ordinateur句中電腦是陽性單數名詞，所以使用陽性單數代名詞le替代：**Je vais** le **vendre.**

(4) 直接受詞的代名詞的位置

不同於英語是將受詞放在動詞之後，例如I hear my brother. ➜ I hear him.，法語的直接受詞的代名詞放在動詞之前，例如J'entends mon frère.（我聽見我哥哥。）➜ Je l'entends.（我聽見他。）

(5) 直接受詞的代名詞的類型

	單數		複數
	陽性	陰性	
第一人稱	me		nous
第二人稱	te		vous
第三人稱	le	la	les

① appeler quelqu'un（打電話給某人）

例如 Tu appelles Béatrice.（你打給貝雅堤斯。）

➜　　Tu l'appelles.（你打給她。）

② acheter quelque chose（買東西）

例如 Je vais acheter ce pantalon.（我要買這條褲子。）

➜　　Je vais l'acheter.（我要買這條。）

(6) 補充例句

① voir（看見）

例如 Je vois Sophie.（我看見蘇菲。）

➜　　Je la vois.（我看見她了。）

② connaître（認識）

例如 Tu connais Sophie?（你認識蘇菲？）

➔ Tu la connais?（你認識她？）

③ prendre（拿）

例如 Je vais prendre ce pantalon.（我要買這條褲子。）

➔ Je vais le prendre.（我要買這條。）

④ attendre（等待）

例如 Je vais attendre Marc.（我要等馬克。）

➔ Je vais l'attendre.（我要等他。）

❹ 間接受詞的代名詞

(1) 什麼是間接受詞 COI

當動詞須要依賴介系詞（前置詞）做為銜接受詞的媒介，此時的受詞稱為間接受詞，例如J'écris à ma mère.（我寫信給我媽。），因為句中有介系詞à，所以名詞ma mère（我的母親）是動詞écrire（寫信）的間接受詞。

(2) 什麼是間接受詞的代名詞

顧名思義就取代間接受詞的代名詞，J'écris à ma mère. ➔ Je lui écris.，第二句中的lui就是第一句中的間接受詞ma mère（我的母親）的代名詞。

(3) 間接受詞的代名詞的挑選

如同直接受詞的代名詞。

(4) 間接受詞的代名詞的位置

如同直接受詞的代名詞。

(5) 間接受詞的代名詞的類型

	單數		複數
	陽性	陰性	
第一人稱	me		nous
第二人稱	te		vous
第三人稱	lui		leur

① téléphoner à quelque'un（打電話給某人）

例如 Je vais téléphoner à Marc et Louis.

（我要打電話給馬克和路易。）

→ Je vais leur téléphoner.（我要打電話給他們。）

② parler à quelqu'un（跟某人說話）

例如 Je parle à toi.（我在跟你說話。）

→ Je te parle.（我在跟你說話。）

(6) 補充例句

① donner à（給）

例如 Tu donnes les clés à Sophie?（你可以把鑰匙拿給蘇菲嗎？）

→ Tu lui donnes les clés?（你可以把鑰匙拿給她嗎？）

② prêter à（借）

例如 Tu prêtes ce livre à moi?（你借我這本書？）

→ Tu me prêtes ce livre?（你借我這本書？）

③ parler à（向…說話）

例如 Elle ne parle plus à sa mère.（她不再跟她媽說話。）

→ Elle ne lui parle plus.（她不再跟她說話。）

6. 動詞

❶ 動詞與主詞的配合

一般來說動詞與主詞的人稱數（你我他）與單複數（他／他們）做配合，例如J'aime le cinéma.（我愛看電影。）、Nous aimons le cinéma.（我們愛看電影。）、Marc et Léa aiment le cinéma.（馬克和黎亞愛看電影。）、Beaucoup de gens aiment le cinéma.（很多人愛看電影。）；當主詞為集合名詞時，例如la famille（家庭）、le public（觀眾），動詞通常以單數形式出現，例如Ma famille arrive demain.（我的家人明天到。）。

❷ 第一組動詞

動詞原型以er結尾的都屬於第一組動詞，例如regarder（看）manger（吃）écouter（聽）；第一組動詞除了是法語中數量最多的一組動詞之外，這一組中所有動詞的字尾變化都是規律一致的。

Regarder（看）					
	單數	規律字尾		複數	規律字尾
我看	Je regarde 【ʒə rgard】	-e	我們看	Nous regardons 【nu rgardɔ̃】	-ons
你看	Tu regardes 【ty rgard】	-es	你們看	Vous regardez 【vu rgarde】	-ez
他／她看	Il/Elle regarde 【ilɛl rgard】	-e	他／她們看	Ils/Elles regardent 【ilɛl rgard】	-ent

▲第三人稱複數字尾的發音與第三人稱單數的發音相同。

　　▲動詞在併寫上為了顧及發音會出現變化，例如appeler（叫喊）➜ Tu appelles（你叫）；acheter（買）➜ J'achète（我買）；manger（吃）➜ Nous mangeons（我們吃）；placer（放置）➜ Nous plaçons（我們放置）。

❸ 第二組動詞

　　動詞原型以ir結尾的大部分都是第二組動詞，例如finir（完成）grandir（長大）maigrir（變瘦）；第二組動詞的動詞動化也是規律的。

Finir（完成）					
單數		規律字尾	複數		規律字尾
我完成	Je finis【ʒə fini】	-is	我們完成	Nous finissons【nu finisɔ̃】	-issons
你完成	Tu finis【ty fini】	-is	你們完成	Vous finissez【vu finise】	-issez
他／她完成	Il/Elle finit【ilɛl fini】	-it	他／她們完成	Ils/Elles finissent【ilɛl finis】	-issent

　　▲注意，第三人稱複數字尾-issent發【is】。

❹ 第三組動詞

　　所有第一、二組動詞之外的不規則動詞都屬於第三組動詞，例如sentir（聞到）、prendre（拿）、boire（喝）、dire（說）等；雖然第三組動詞沒有整齊一致的規律字尾，但是某些特定的動詞組合仍會遵循一定的規則變化，例如prendre（拿）。

Prendre（拿）					
單數		規律字尾	複數		規律字尾
我拿	Je prends	-s	我們拿	Nous prenons	-nons
你拿	Tu prends	-s	你們拿	Vous prenez	-nez
他／她拿	Il/Elle prend	--	他／她們拿	Ils/Elles prennent	-nent

　　▲其它常見的同類型動詞comprendre（瞭解）、apprendre（學習）。

❺ 代動詞

(1) 什麼是代動詞

代動詞是由代名詞+動詞所構成，例如代名詞se+動詞détester形成代動詞表示「討厭彼此」Ils se détestent.（他們討厭彼此。），代動詞主要有下列幾種意義：

① 相互意義

表示彼此、互相的意思。

例如 Paul et Léa se téléphonent tous les jours.（保羅和黎亞每天都通電話。）

意義 Paul téléphone à Léa et Léa téléphone à Paul.（保羅打給黎亞，黎亞打給保羅。）

例如 Ils s'aiment beaucoup.（他們深愛著彼此。）

意義 Paul aime Léa et Léa aime Paul.（保羅愛著黎亞，黎亞愛著保羅。）

② 自反意義

表示主詞所作的行為是發生在自己身上。

例如 Je me lève à 6 heures tous les matins.（我每天早上六點起床。）

意義 Je lève moi-même à 6 heures tous les matins.（我每天早上六點把自已抬起。）

例如 Je vais m'inscrire à un cours de français.（我要去註冊法語課程。）

意義 Je vais inscrire moi-même à un cours de français.（我要把自己註冊上法語課。）

第 **3** 堂 文法課

③ 被動意義

表示主詞能夠以被動型式出現。

例如 Cette voiture se vend à 15,000 euros.

（這輛車賣一萬五千歐元。）

意義 Cette voiture est vendue à 15,000 euros.

（這輛車以一萬五千歐元被賣出。）

例如 Cette expression s'utilise très rarement.

（這句話不常使用。）

意義 Cette expression est utilisée très rarement.

（這句話不常被使用。）

④ 只能以代動詞出現的動詞

例如 Je me souviens de ce voyage en Italie.（我記得那段在義大利度過的旅程。）

意義 Il aime se moquer de tout le monde.（他喜歡嘲諷每個人。）

❻ 主詞與代名詞

每個主詞都有一個相對應的代名詞。

	主詞	代名詞		主詞	代名詞
我	Je	me	我們	Nous	nous
你／妳	Tu	te	你們	Vous	vous
他／她	Il/Elle	se	他／她們	Ils/Elles	se

例如 Tu t'appelles comment?（你叫做什麼？）

例如 Il se douche.（他在洗澡。）

7 常見動詞

① être（是）

動詞être（是）與英語的to be類似。

我是	Je suis	我們是	Nous sommes
你是	Tu es	你們是	Vous êtes
他／她們是	Il/Elle est	他／她們是	Ils/Elles sont

例如 Il est content.（他很高興。）

例如 Je suis artiste.（我是藝術家。）

② avoir（有）

動詞avoir（有）除了表示擁有之外還表示年齡。

我有	J'ai	我們有	Nous avons
你有	Tu as	你們有	Vous avez
他/她們有	Il/Elle a	他/她們有	Ils/Elles ont

例如 J'ai deux frères.（我有兩個兄弟。）

例如 Il a 32 ans.（我三十二歲。）

③ aller（去）

動詞aller（去）除了表示前往某處之外，也可以表達身體或情緒狀況以及接近的或即將發生的未來式，類似英語的to be going to。

我去	Je vais	我們去	Nous allons
你去	Tu vas	你們去	Vous allez

第 **3** 堂

文法課

| 他／她們去 | Il/Elle va | 他／她們去 | Ils/Elles vont |

例如 Nous allons au marché de nuit.（我們要去逛夜市。）

例如 Je vais mal.（我最近過得不好。）

例如 Je vais rentrer.（我要回去了。）

④ faire（做）

我做	Je fais	我們做	Nous faisons
你做	Tu fais	你們做	Vous faites
他／她們做	Il/Elle fait	他／她們做	Ils/Elles font

例如 Je fais le ménage.（我在做家事。）

例如 Qu'est-ce que tu fais？（你在做什麼？）

⑤ pouvoir（能）

我能	Je peux	我們能	Nous pouvons
你能	Tu peux	你們能	Vous pouvez
他／她們能	Il/Elle peut	他／她們能	Ils/Elles peuvent

例如 Est-ce que je peux essayer？（我能試試嗎？）

例如 Il peut nous aider.（他能幫我們。）

⑥ vouloir（要）

我要	Je veux	我們要	Nous voulons
你要	Tu veux	你們要	Vous voulez
他／她們要	Il/Elle veut	他／她們要	Ils/Elles veulent

例如 Je veux un chocolat chaud.（我要一杯熱巧克力。）

⑦ devoir（必須）

我必須	Je dois	我們必須	Nous devons
你必須	Tu dois	你們必須	Vous devez
他／她們必須	Il/Elle doit	他／她們必須	Ils/Elles doivent

例如 Je dois aller à la banque .（我必須去銀行。）

例如 Vous devez travailler plus.（您／你們必須更努力工作。）

$$2x+y=324$$

7. 副詞

❶ 副詞

副詞多半放置於動詞後面或句首。

① 常見副詞bien（好）、mal（不好）。

例如 Je vais bien.（我很好。）

例如 Tu chantes mal.（你歌唱得不好。）

例如 Je comprends bien.（我瞭解。）

例如 J'entends mal.（我聽不清楚。）

② 其它副詞：très（非常）、trop（太）、vite（快）、tôt（早）、bientôt（馬上）、fort（用力地）、doucement（輕輕地）、seulement（只、僅僅）。

例如 Tu manges très vite !（你吃得好快！）

例如 Tu te lèves tôt !（你好早就起床！）

例如 Les invités vont bientôt arriver.（客人馬上要到了。）

例如 Doucement, tu parles trop fort.（小聲點，你說話太大聲了。）

例如 J'ai seuelement dix euros. （我只有十歐元。）

❷ 副詞的形成

除了本身已具備副詞功能的單字之外，例如vite、bien，我們也可以在陰性單數形容詞的字尾加上ment構成副詞使用，例如rapide ➜ rapidement（迅速地）、facile ➜ facilement（簡單地）、sincère ➜ sincèrement（誠心地）、spéciale ➜ spécialement（特別地）。

8. 疑問句

❶ 倒置句型

將直述句中的主詞與動詞倒置形成疑問句。

> 例如 Connaissez-vous Marc?（您／你們認識馬克嗎？）

> 例如 Viens-tu ce soir?（你今晚要來嗎？）

❷ Est-ce que句型

① Est-ce que+主詞+動詞

以Est-ce que開始的疑問句不須倒置主動詞，是非常方便與實用的句型。

> 例如 Est-ce que vous connaissez Marc?（你認識馬克嗎？）

> 例如 Est-ce que tu viens ce soir?（你今晚要來嗎？）

② 疑問詞+est-ce que+主詞+動詞

Est-ce que搭配疑問詞，例如誰、什麼、哪裡，省去了倒置主動詞的麻煩。

> 例如 Où est-ce que tu habites?（你住哪？）

> 例如 Qu'est-ce que c'est?（這是什麼？）

❸ 口語句型：尾調升高

不做句型的更動，升高句尾音調就行了。

> 例如 Vous connaissez Marc? (↑)

> 例如 Tu viens ce soir? (↑)

第**3**堂
文法課

147

❹ 誰 Qui

① 倒置句型：Qui+動詞+主詞。

> 例如　Qui êtes-vous?（您／你們是誰？）

> 例如　Qui as-tu vu?（你看見誰了？）

② Est-ce que句型：Qui+est-ce que+主詞+動詞。

> 例如　Qui est-ce que vous êtes?（您／你們是誰？）

> 例如　Qui est-ce que tu as vu?（你看見誰了？）

③ 口語句型：主詞+動詞+qui

> 例如　Vous êtes qui?（您／你們是誰？）

> 例如　Tu as vu qui?（你看見誰了？）

❺ 什麼 Que

① 倒置句型：Que+動詞+主詞

> 例如　Que fais-tu?（你在做什麼？）

> 例如　Que veut-il?（他要什麼？）

② Est-ce que句型：Que+est-ce que+主詞+動詞

> 例如　Qu'est-ce que tu fais?（你在做什麼？）

> 例如　Qu'est-ce qu'il veut?（他要什麼？）

③ 口語句型：主詞+動詞+quoi

> 例如　Tu fais quoi?（你在做什麼？）

> 例如　Il veut quoi?（他要什麼？）

❻ 哪裡 Où

① 倒置句型：Où+動詞+主詞

> 例如　Où vas-tu?（你住在哪？）

> 例如　Où allez-vous?（你們要去哪？）

② Est-ce que句型：Où+est-ce que+主詞+動詞

例如 Où est-ce que tu habites?（你住在哪？）

例如 Où est-ce que vous allez?（您／你們要去哪？）

③ 口語句型：主詞+動詞+où

例如 Tu habites où?（你住哪？）

例如 Vous allez où?（你們要去哪？）

❼ 什麼時候 Quand

① 倒置句型：Quand+動詞+主詞

例如 Quand part-on?（我們什麼時候出發？）

例如 Quand arrive-t-il?（他什麼時候到?）

② Est-ce que句型：Quand+est-ce que+主詞+動詞

例如 Quand est-ce qu'on part?（我們什麼時候出發？）

例如 Quand est-ce qu'il arrive?（他什麼時候到？）

③ 口語句型：主詞+動詞+quand

例如 On part quand?（我們什麼時候出發？）

例如 Il arrive quand?（他什麼時候到？）

❽ 為什麼 Pourquoi

① 倒置句型：Pourquoi+動詞+主詞

例如 Pourquoi venez-vous en France?（您／你們為什麼來法國？）

例如 Pourquoi aimez-vous la France?（您／你們為什麼喜歡法國？）

② 口語句型：Pourquoi+主詞+動詞

例如 Pourquoi vous venez en France?（您／你們為什麼來法國？）

例如 Pourquoi vous aimez la France?（您／你們為什麼喜歡法國？）

第**3**堂

文法課

❾ 如何 Comment

① 倒置句型：Comment+動詞+主詞

例如 Comment va-t-il?（他最近過得如何？）

例如 Comment fait-on pour rentrer?（我們該如何回家？）

② 口語句型：主語+動詞+comment

例如 Il va comment?（他最近過得如何？）

例如 On fait comment pour rentrer?（我們該如何回家？）

❿ 哪一個 Quel/Quelle

	單數名詞	複數名詞
陽性	Quel	Quels
陰性	Quelle	Quelles

① Quel(s)/Quelle(s)+être+主詞

例如 Quel est ton nom?（你姓什麼？）

例如 Quelle est la nouvelle tendance?

（最新潮流趨勢是什麼？）

② Quel(s)/Quelle(s)+名詞

例如 Quel pays veux-tu aller?（你想去哪個國家？）

例如 Quelle langue voulez-vous apprendre?（您／你們想學哪個語言？）

(11) 否定疑問句與回答

否定疑問句的回答以si表示與問句意義相反的答案，以non表示與問句相同的意思，例如Tu ne vois pas?（你看不到嗎？）Si, je vois bien.（不，我看得到。）Non, je ne vois pas.（是的，我看不到。）。

法語口語短句 補給站

★ Je peux avoir un sac, s'il vous plaît? 請給我一個袋子好嗎？

★ Excusez-moi, combien ça coûte? 請問這個多少錢？

★ Je ne savais pas. 我並不知情。

★ Je ne sais pas quoi faire. 我不知道該怎麼辦。

★ Je suis en colère. 我很生氣。

★ Où sont les cabines d'essayage? 試衣間在哪裡？

★ C'est large. （這件衣物）太大件了。

★ Je peux essayer ce vêtement? 我能試穿這件衣服嗎？

★ Ne sois pas gêné(e). 別不好意思。

9. 否定句

❶ Ne...pas 不是、不、沒

主詞+ne+動詞+pas。

> 例如 Je ne peux pas y aller.（我不能去。）

> 例如 Ce n'est pas un problème.（這不是個問題。）

> 例如 Il n'y a pas de café.（沒有咖啡。）

❷ Ne...plus 不再、再也不

主詞+ne+動詞+plus

> 例如 Je ne peux plus y aller.（我再也不能去了。）

> 例如 Ce n'est plus un problème.（這不再是個問題。）

> 例如 Il n'y a plus de café.（咖啡沒了。）

❸ Personne 無人、沒有人

(1) Ne...personne 沒半個人、沒人

主詞+ne+動詞+personne

例如 Je ne vois personne.（我沒看見半個人。）

例如 Il n'y a personne.（沒有人。）

(2) Personne ne 沒有人…

Personne ne+第三人稱單數動詞變化

例如 Personne n'aime Christine.（沒有人喜歡克莉絲汀。）

例如 Personne n'est venue.（沒人到場。）

10. 表示原因

❶ Parce que 因為

Parce que+直述句

用於回應Pourquoi（為什麼）。

> 例如 Pourquoi tu veux apprendre le français?（你為什麼學法語？）Parce que （因為我喜歡時尚。）

❷ Puisque 既然

Puisque+直述句

表達的原因通常已是眾所皆知或有明顯關聯的事實，具有解釋的意味。

> 例如 Puisque tu as fini ton travail, tu peux rentrer.（既然你工作完成了，你可以回家了。）

> 例如 Puisque c'est mon frère, je dois l'aider.（因為是我的兄弟，我必須幫他。）

❸ Comme 由於

Comme+直述句

強調原因與結果之間的關聯。

> 例如 Comme il est rusé, il trouve toujours de l'excuse.（由於他很狡猾，他永遠找得到理由脫身。）

> 例如 Comme je n'aime pas la viande crue, je ne mange pas de sashimi.（由於我不喜歡生肉，我不吃生魚片。）

❹ À cause de 因為⋯的緣故

À cause de+名詞或代名詞

通常表示比較負面的原因。

> 例如 À cause de la grève, il n'y a plus de métro.（因為罷工，地鐵停駛了。）

> 例如 Je suis en retard à cause de lui.（都是他害我遲到。）

❺ Grâce à 因為⋯的緣故

Grâce à+名詞或代名詞

通常表示帶有正面意味的原因。

> 例如 Grâce à toi, j'ai appris beaucoup de choses.（因為你，我學到很多。）

> 例如 J'ai perdu 3 kilos grâce au sport.（因為運動，我瘦了三公斤。）

11. 表示結果

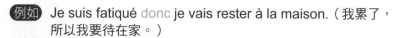

❶ Donc 所以

donc+直述句

非常普遍且實用的表達方式，類似英語的so所以。

例如 Je suis fatiqué donc je vais rester à la maison. （我累了，所以我要待在家。）

例如 Il est né en 1970, il a donc 42 ans cette année. （他是一九七〇年出生的，所以今年四十二歲。）

❷ C'est pourquoi 這就是為什麼

C'est pourquoi+直述句

口語的表達方式。

例如 Il a double nationalités. C'est pourquoi il parle français et hollandais. （他有雙重國籍。這就是為什麼他說法語與荷蘭語。）

例如 J'aime la mode. C'est pourquoi je vais étudier en France. （我喜歡時尚流行。所以我要去法國念書。）

❸ Comme ça 這樣

Comme ça+直述句

口語的表達方式。

> 例如 Prends mon protable. Comme ça, elle peut te joindre.（拿我的手機，這樣她才連絡得到你。）

> 例如 Prends un taxi. Comme ça, tu ne seras pas en retard.（搭計程車吧！這樣才不會遲到。）

❹ Tellement...que 如此…以致

tellement+形容詞或副詞+que+直述句

表示因為程度上的過多或過少而導致的結果。

> 例如 Ce restaurant est tellement bon qu'il est impossible d'avoir une table.（這家餐廳好吃到根本訂不到位。）

> 例如 Il est tellement gentil que tout le monde l'aime.（他如此友善大家都喜歡他。）

第 **3** 堂

文法課

❺ Trop...pour 太過於…以致

trop+名詞、形容詞或副詞+pour

與tellement...que類似，都是表示程度上的過多或不足而致的結果。

> 例如 J'ai trop de travail pour avoir le temps de voyager.（我工作太多所以沒空旅行。）

> 例如 Il est trop jeune pour comprendre ce problème.（他太年輕了無法理解這個問題。）

12. 表示對比

❶ mais 但是

mais+直述句

類似英語的but，是一個很實用與普遍的表達方式。

例如 Il habite en France mais il ne parle pas français. （他住在法國卻不會說法語。）

例如 J'ai beaucoup d'amis mais je ne les vois pas souvent. （我有很多朋友但是我不常見到他們。）

❷ Pourtant 儘管

Pourtant+直述句

與mais類似，但是對比的意味比mais稍微強烈一些。

例如 Mon pantalon est trop petit. Pourtant, je l'ai acheté il n'y a pas longtemps. （我的褲子變小了，可是我才剛買不久。）

例如 Il n'est pas venu. Pourtant, il nous a promis. （他沒來，儘管他答應了。）

❸ même si 就算、即使

même si+直述句

具有對比與假設的雙重意義。

> **例如** Même si tu viens, ça ne changera pas grande chose.（就算你來了也無濟於事。）

> **例如** Elle veut devenir une chanteuse même si elle chante comme un pied.（她想成為歌手，即使她五音不全。）

❹ par contre 相反地

par contre+直述句

與mais類似，但更加強調對比的意思。

> **例如** Je n'aime pas aller au club, par contre, j'aime bien prendre un verre avec des potes.（我不喜歡去夜店，但我倒是喜歡和朋友喝一杯。）

> **例如** Je ne connais pas Camille, par contre, je sais où elle habite.（我不認識卡蜜兒，但我知道她住哪裡。）

❺ Malgré 儘管

Malgré+名詞或代名詞

表示對比的意思，有時帶有一些惋惜或力挽狂瀾的意味。

> **例如** Malgré son manque de confiance, il a réussi son projet.（儘管他自信不足，他仍成功地實現了他的計劃。）

> **例如** Malgré tout, chacun est libre de son choix.（儘管如此，每個人都有選擇的自由。）

第**3**堂

文法課

13.

表示時間

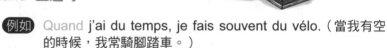

❶ quand 當⋯的時候

quand+直述句

例如 Quand j'ai du temps, je fais souvent du vélo.（當我有空的時候，我常騎腳踏車。）

例如 Je préfère être seul quand je travaille.（當我工作的時候，我喜歡一個人。）

❷ pour 多久的時間

pour+名詞

心中已有一段預計好的時間。

例如 Tu veux rester à Nice pour combien de temps?（你要待在尼斯多少天？）

例如 Je vais rester à Nice pour trois jours.（我要待在尼斯三天。）

❸ pendant 在…

pendant+名詞

表示一段時間內發生的事，類似英語during。

例如 Je travaille souvent pendant la nuit.（我時常在晚上工作。）

例如 Je t'ai attendu pendant une heure !（我等了你一個小時。）

❹ depuis 從…之後

depuis+名詞

動作仍持續繼行中。

例如 Je t'attends depuis une heure.（我等你一個小時了。）

例如 Il est devant la télé depuis ce matin.（他從今天早上就一直待在電視前面。）

❺ avant/avant de 在...之前

avant+名詞；avant de+原型動詞

例如 J'ai tout vérifié avant le départ.（離開之前，我已經檢查過所有東西了。）

例如 J'ai bien réfléchi avant de décider .（決定之前，我已經想清楚了。）

第 3 堂 文法課

14. 其它表達方式

❶ 表示方向與場所 à/en

置於場所的前面,表示「去、到、在」。

例如 Je vais au supermarché.(我要去超市。)

例如 Ils arrivent à Kaohsiung demain.(他們明天到高雄。)

例如 Nous allons en France.(我們要去法國。)

❷ 表示認為 penser que+直述句

第一組動詞,表示「想、認為」。

例如 Je pense que c'est ta faute.(我想這是你的錯。)

例如 Je pense que ça coûte 15 euros.(我想這個是十五歐元。)

例如 Il pense que c'est la meilleure solution.(他認為這是最好的解決方法。)

❸ 表示認為 croire que+直述句

第三組動詞,表示「覺得」。

例如 Je crois qu'il ne viens pas.(我覺得他不來了。)

例如 Tu crois que ça suffit?(你覺得這樣就夠了嗎?)

例如 Tu crois que c'est bon?(你覺得這樣就好了嗎?)

❹ 表示願望 espèrer+原型動詞／espèrer que+直述句

第一組動詞，表示「希望」。

> 例如 J'espère que tu viens ce soir.（我希望你今晚能來。）

> 例如 J'espère qu'il fera beau demain.（我希望明天天氣會變好。）

> 例如 Elle espère te voir bientôt.（她希望能很快再見到你。）

❺ 表示渴望 avoir envie de+原型動詞或名詞

第三組動詞，表示「想要」。

> 例如 J'ai envie de manger de la fondue.（我想要吃火鍋。）

> 例如 Il a envie d'apprendre à jouer de la guitare.（他想要學彈吉他。）

> 例如 Elle a envie de glace.（她想要冰淇淋。）

❻ 表示意圖 compter à+原型動詞

第一組動詞，表示「打算」。

> 例如 Je compte à partir dans un an.（我打算一年後離開。）

> 例如 David compte à revenir en France.（大衛打算重返法國。）

> 例如 On compte à se marier en décembre.（我們打算十二月結婚。）

❼ 表示開始 commercer à+原型動詞

第一組動詞，表示「開始」。

- 例如 Je commence à comprendre.（我開始瞭解了。）
- 例如 Il commence à pleurer.（他開始哭了。）
- 例如 Elle a commencé à chanter depuis 12 ans.（她從十二歲開始就在唱歌了。）

❽ 表示即將 aller+原型動詞。

第三組動詞，表示「要、將要」，帶有馬上或即將發生的意味。

- 例如 Je vais prendre une douche.（我去洗澡了。）
- 例如 Il va fêter son anniversaire la semaine prochaine.（他下星期要慶生。）
- 例如 Nous allons passer nos vacances en Australie.（我們要去澳洲渡假。）

❾ 表示進行中 être en train de+原型動詞

第三組動詞，表示「正在」。

- 例如 Je suis en train de ranger mon apartement.（我正在整理我的公寓。）
- 例如 On est en train de manger.（我們正在吃飯。）
- 例如 Le téléphone est en train de charger.（電話正在充電。）

❿ 表示剛結束 venir de+原型動詞

第三組動詞，表示「剛、才」。

- 例如 Je viens de me lever.（我剛睡醒。）

例如 Il vient d'arriver chez moi.（他剛到我家。）

例如 Je viens de boire un café avec Marc.（我剛和馬克喝完咖啡。）

⑪ 表示必須 il faut+原型動詞

表示「必須、應該」，有時帶有建議的意味。

例如 Il faut penser aux autres.（要為別人著想。）

例如 Il faut savoir ce que tu veux.（要知道你想要的是什麼。）

例如 Il faut partir plus tôt.（要早點出門。）

⑫ 表示必須 devoir+原型動詞

表示「必須、應該」，帶有主觀意味。

例如 Je dois faire du sport.（我應該運動。）

例如 On doit partir tôt pour éviter les embouteillages.
（我們應該早點出發避開塞車。）

例如 Il doit travailler plus.（他必須更認真工作。）

⑬ 表示能力 pouvoir+原型動詞

第三組動詞，表示「可以」，有時帶有准許的意味。

例如 Tu ne peux pas faire ça.（你不能這樣做。）

例如 Est-ce qu'il peut venir avec nous?（他可以跟我們一起來嗎？）

例如 Je peux rester chez toi ce soir?（今晚我可以待在你這裡嗎?）

⑭ 表示能力 savoir+原型動詞

第三組動詞，表示「會」。

> 例如 Je sais parler français.（我會說法語。）

> 例如 Il sait bien cuisiner.（他很會做菜。）

> 例如 Elle sait jouer au piano.（她會彈鋼琴。）

⑮ 表示能力 arriver à+原型動詞

第三組動詞，表示「辦得到」、「能夠」。

> 例如 Je n'arrive pas à comprendre.（我無法理解。）

> 例如 Je n'arrive pas à dormir.（我睡不著。）

> 例如 Je n'arrive pas à l'oublier.（我無法忘記他。）

⑯ 表示僅僅 seulement

副詞，置於動詞之後，表示「只」。

> 例如 Il mange seulement du riz.（他只吃飯。）

> 例如 J'ai seulement 200 dollars sur moi.（我身上只有二百塊。）

> 例如 Il est seulement 7 heures.（現在才七點。）

⑰ 表示經常 souvent

副詞，置於動詞之後，表示「時常、經常」。

> 例如 Je vais souvent au cinéma.（我時常去電影院。）

> 例如 Il fait souvent du sport.（他時常運動。）

15. 生活口語短句馬上說

03-01

❶ 問候與道別

老外教你學發音

Bonjour !
【bɔ̃ʒur】

你好！

文法解析：bon表示「好的」在此為陽性單數形容詞，jour表示「日子」為陽性單數名詞，bonjour表示「你好」，可用在白天的任何時刻。

老外教你學發音

Bonsoir !
【bɔ̃swar】

你好！

文法解析：bon表示「好的」在此為陽性單數形容詞，soir表示「晚上」為陽性單數名詞，bonsoir表示「你好」，除了睡前之外可用在晚上的任何時刻。

第**3**堂 文法課

老外教你學發音

Bonne nuit.　　　　【bɔnɥi】
晚安！

文法解析：bonne表示「好的」在此為陰性單數形容詞，nuit表示
　　　　　「夜晚」陰性單數名詞，bonne nuit表示「晚安」，
　　　　　只適用在睡前互道晚安時。

老外教你學發音

Comment allez-vous?【kɔmɑ̃ t-ale vu】
您好嗎？

文法解析：comment表示「如何」，allez是動詞aller「去」的第
　　　　　二人稱複數型，vous是主詞表示「您」或「你們」。

老外教你學發音

Salut !　　　　　　　　【saly】
嗨！

文法解析：問候語，用於朋友和熟人之間。

Quoi de neuf?【ｋｗａ ｄə ｎœｆ】
最近忙什麼？

文法解析：quoi表示「什麼」為疑問詞，neuf表示「新鮮事」，quoi de neuf類似英語的what's up?（什麼事？），詢問對方最近在忙些什麼、做些什麼，用於朋友和熟人之間。

Au revoir. 　　　　【ｏ ｒəｖｗａｒ】
再見。

文法解析：au是由介系詞à+定冠詞le結合而成，à在此作為引導時間的功用，revoir表示「再見」為陽性單數名詞。

À bientôt. 　　　　【ａ ｂｊɛ̃ｔｏ】
待會見、再見。

文法解析：à在此作引導時間的功用，bientôt表示「一會兒」。

老外教你學發音

À plus.　　　　　【a plys】
再見。

文法解析：à在此作引導時間的功用，plus表示「更多」，à plus
　　　　　適用於朋友和熟人之間。

老外教你學發音

À demain.　　　　【a dəmɛ̃】
明天見。

文法解析：à在此作為引導時間的功用，demain表示「明天」。

老外教你學發音

Rentrez bien.　　【rɑ̃tre bjɛ̃】
慢走。

文法解析：Rentrez是動詞rentrer「回家」的第二人
　　　　　稱複數的變化，bien表示「好好地」。

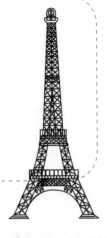

15. 生活口語 短句馬上說

❷ 介紹與引見

03-02

老外 教你學發音

Enchanté(e). 【ãʃãte】

幸會。

文法解析：用於初次見面，問與答都是Enchanté(e)。

老外 教你學發音

Comment vous appelez-vous?

【kɔmã vu z–apəle vu】

您叫什麼名字？

文法解析：Comment表示「如何」，vous是主詞表示「您」，appelez-vous是代動詞s'appeler「叫做」的第二人稱複數型的倒裝。

第 **3** 堂 文法課

━━━━ • 老外 教你學發音 • ━━━━

Je m'appelle Nicolas.
【ʒə mapɛl nikɔla】
我叫尼古拉。

文法解析：Je是主詞表示「我」，m'appelle是代動詞s'appeler
的第一人稱單數型。

━━━━ • 老外 教你學發音 • ━━━━

Est-ce que vous connaissez...?
【eskə vu kɔnɛse】
您／你們是否認識…？

文法解析：Est-ce que表示疑問句型「是否」，vous為主詞表
示「您」或「你們」，connaissez是動詞connaître
「認識」的第二人稱複數型。

 • 老外 教你學發音 •

Je vous présente... 【ʒə vu prezɑ̃t】
我向您／你們介紹…。

文法解析：Je是主詞表示「我」，vous表示「您」或「你們」是
動詞présenter「介紹」的受詞。

• **老外**教你學發音 •

C'est Monsieur Bugand.

【sɛ məsjø bygã】

這是普根先生。

文法解析：C'est表示「這是」由指示代名詞ce「這」和動詞être「是」組成類似英文it is（這是）。

• **老外**教你學發音 •

Je suis content(e) de faire votre connaissance.

【ʒə sɥi kɔ̃tã（t）də fɛr votr kɔnɛsãs】

我很高興認識您。

文法解析：Je是主詞表示「我」，suis是動詞être「是」第一人稱的變化，content(e)是形容詞表示「高興」，注意若說話者是女性則要加上e變成陰性形容詞，介系詞de引導出高興的原因，faire votre connaissance表示「認識您」，這句比較適合使用在職場或交際生活上，一般介於平輩或朋友之間不會這麼正式。

• **老外**教你學發音 •

C'est un plaisir de faire votre connaissance.

【sɛ t-œ̃ plɛzir də fɛr votr kɔnɛsãs】

很高興認識您。

文法解析：plaisir是陽性單數名詞表示「愉快」，介系詞de引導出愉快的原因，這句也是比較正式的句子，適合工作或交際時使用。

第**3**堂

文法課

15. 生活口語 短句馬上說

③ 感謝與謙讓

03-03

Merci. 【mɛrsi】
謝謝。

文法解析：最常見的表達方式，類似英語的Thank you（謝謝你）。

Merci beaucoup.【mɛrsi boku】
多謝。

文法解析：beaucoup是副詞表示「很多」， merci beaucoup是 一句常用的句子。

Merci infiniment.【mɛrsi ɛ̃finimɑ̃】
感激不盡。

文法解析：infiniment是副詞表示「無止盡」。

Merci pour tout.【mɛrsi pur tu】
謝謝您所做的一切。

文法解析：pour表示「為了」，tout表示「一切」。

Je vous remercie beaucoup.
【ʒə vu rəmɛrsi boku】
我非常感謝您／你們。

文法解析：Je是主詞表示「我」，vous表示「您」或「你們」是動詞 remercier「感謝」的受詞，remercie是動詞remercier 的第一人稱單數型，beaucoup表示「很多」。

第**3**堂　文法課

De rien.　　　　　【də rjɛ̃】
沒什麼。

文法解析：介系詞de引導補語，rien為陽性單數名詞表示「微不 足道」，這是一句比較口語、非正式的回答方式。

Il n'y a pas de quoi.【il nja pa də kwa】
不客氣。

文法解析：Il n'y a pas de表示「沒有…」是il y a「有…」的否定
句，quoi表示「什麼」。

Ce n'est rien.　　　【sə nɛ rjɛ̃】
不客氣。

文法解析：Ce是指示代名詞表示「這個」，est是動詞être「是」
的第三人稱單數型，ne...rien為否定句型，表示「一
點也不」。

Je vous en prie.【ʒə vu z− ɑ̃ pri】
別客氣。

文法解析：Je為主詞表示「我」，vous表示「您」或「你們」是
動詞prier「請」的受詞，en表示請求的內容，prie是
動詞prier的第一人稱單數型，這是一句可以正式也可
以口語的回答方式，只要把vous改為te「你」就是比
較口語的表達方式了。

15. 生活口語短句馬上說

❹ 道歉與原諒

 03-04
 MP3

老外教你學發音

Pardon.　　　　【pardɔ̃】
不好意思。

文法解析：這是一句簡潔的句子，在地鐵上要借過時或對方說話
　　　　　沒聽清楚要求重覆時可使用。

老外教你學發音

Excusez-moi.【ɛkskyze mwa】
對不起。

文法解析：Excusez是動詞excuser「原諒」的第二人稱複數命令
　　　　　型，moi表示「我」是動詞excusez的受詞，這是比
　　　　　pardon還來得慎重的道歉用句。

第 **3** 堂　文法課

Je suis désolé(e).【ʒə sɥi dezɔle】
我很抱歉。

文法解析：Je是主詞表示「我」，suis是動詞être「是」的第一人稱型，désolé(e)是形容詞表示「抱歉」，注意若說話者是女性則要加上e變成陰性形容詞。

Je suis vraiment désolé(e)
【ʒə sɥi vrɛmã dezɔle】
我真的很抱歉。

文法解析：vraiment是副詞表示「真的」。

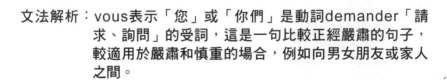

Je vous demande pardon.
【ʒə vu dəmãd pardɔ̃】
我請求您／你們的原諒。

文法解析：vous表示「您」或「你們」是動詞demander「請求、詢問」的受詞，這是一句比較正經嚴肅的句子，較適用於嚴肅和慎重的場合，例如向男女朋友或家人之間。

Ce n'est pas grave.【sə nɛ pa grav】
沒關係的。

文法解析：Ce是指示代名詞表示「這」，est是動詞être「是」的第三人稱單數型，ne...pas表示否定，ce n'est pas 類似英文的 it is not（這不是）。 grave是形容詞表示「嚴重的」，這是一句很實用的話，適用於大部份的場合。

Ce n'est pas ta faute.【sə nɛ pa ta fot】
這不是你的錯。

文法解析：Ce表示「這」，ne...pas表示否定，est是動詞être「是」的第三人稱單數型，ce n'est pas 類似英文的 it is not（這不是）。ta表示「你的」後面接陰性單數名詞，faute是陰性單數名詞表示「過失、錯誤」。

第**3**堂　文法課

C'est la dernière fois, je te préviens !
【sɛ la dɛrniɛr fwa ʒə tə prevjɛ̃】
我警告你這是最後一次了！

文法解析：dernière是陰性形容詞表示「最後的」用來形容名詞 fois「次、回」，je是主詞表示「我」，te表示「你」是動詞prévenir「警告、提醒」的受詞，préviens是動詞prévenir的第一人稱單數型，這句話帶有強烈警告的意味，使用時要注意。

15. 生活口語短句馬上說

❺ 贊成與反對

03-05
MP3

老外 教你學發音

Oui, je suis pour.【wi ʒə sɥi pur】
我贊成。

文法解析：Oui表示「是的」，je suis表示「我是」，pour表示「為了」後面可接贊成的事情。

老外 教你學發音

Je suis d'accord.【ʒə sɥi dakɔr】
我同意。

文法解析：d'accord表示「同意」。

老外 教你學發音

Tu as raison.　　【ty a rɛzɔ̃】
你說的對。

文法解析：as是動詞avoir「有」的第二人稱單數型，raison是陰性單數名詞表示「理由」。

Non, je suis contre. 【nɔ̃ ʒə sɥi kɔ̃tr】
我反對。

文法解析：Non是法語的否定表示「不是、不」，contre表示
「反對」後面可接反對的事情。

Tu rêves.
【ty rev】
你在做夢。

文法解析：rêves是動詞rêver「做夢」的第二人稱單數型。

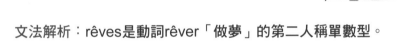

Non, ça ne marchera pas.
【nɔ̃ sa nə mar ʃra pa】
這行不通。

文法解析：ça為代名詞表示行不通的事情，ne...pas表示否定，
marchera是動詞marcher「行走」的未來式。

15. 生活口語短句馬上說

❻ 答應與拒絕

● 老外教你學發音 ●

D'accord. J'accepte.【dakɔr ʒaksɛpt】
好的，我接受。

文法解析：D'accord為慣用語表示「同意」，可以單獨使用表示
贊同，accepte是動詞accepter「接受」的第一人稱
單數型。

● 老外教你學發音 ●

Aucun problème. Compte sur moi.
【okœ̃ prɔblɛm kɔ̃t syr mwa】
沒問題，包在我身上。

文法解析：Aucun在此是陽性形容詞表示「沒有任何的」，
problème是陽性單數名詞表示「問題」，compte是動
詞compter「信任」的第二人稱單數命令式，sur類似
英語的on，moi是受詞表示「我」，這裡要注意的是
你的說話對象是第二人稱單數「你」，如果對象是複
數則要說comptez sur moi。

Il n'y a pas de problème.
【il nja pa də prɔblɛm】
沒問題。

文法解析：Il y a為一個完整句型表示「有…」，ne...pas表示否
　　　　定，problème是陽性單數名詞表示「問題」。

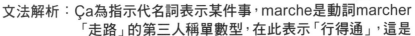

Ça marche !【sa marʃ】
那就這樣吧！

文法解析：Ça為指示代名詞表示某件事，marche是動詞marcher
　　　　「走路」的第三人稱單數型，在此表示「行得通」，這是
　　　　一句口語表達方式，用於朋友、親人或熟人之間。

Bien sûr. Ça roule !【bjɛ̃ syr sa rul】
好，就這樣吧！

文法解析：副詞bien表示「好的」，sûr表示「當然」，roule是
　　　　動詞rouler「行駛」，在此表示「行得通」，這也是
　　　　一句非常口語的表達方式，用於朋友或熟人之間。

老外 教你學發音

Je ne peux pas faire ça.

【ʒə nə pø pa fɛr sa】

我不能這麼做。

文法解析：Ne...pas表示否定，peux是動詞pouvoir「能夠」的第一人稱單數型，faire是原型動詞表示「做」。

老外 教你學發音

C'est hors de question !

【sɛ ɔr də kɛstjɔ̃】

想得美！

文法解析：C'est類似英語的it's，片語hors de表示「在…之外」，這句話帶有強烈的拒絕意味，用於比較激烈的對話或反對的情況之下。

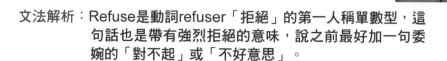

老外 教你學發音

Je refuse.　　　　　【ʒə rəfyz】

我不答應。

文法解析：Refuse是動詞refuser「拒絕」的第一人稱單數型，這句話也是帶有強烈拒絕的意味，說之前最好加一句委婉的「對不起」或「不好意思」。

15. 生活口語短句馬上說

❼ 稱讚與批評

 老外教你學發音

C'est pas mal. 【sɛ pa mal】
不錯。

文法解析：C'est類似英語的it's（這是），pas表示否定，副詞
mal表示「不好」。

 老外教你學發音

C'est bien. 【sɛ bjɛ̃】
很好。

文法解析：副詞bien表示「好」。

老外教你學發音

C'est parfait. 【sɛ parfɛ】
很棒、就是這樣！

文法解析：形容詞parfait表示「無懈可擊的」。

第3堂 文法課

C'est impeccable.【sɛ t−ɛ̃pekabl】
哇，這實在是太棒了！

文法解析：形容詞impeccable表示「完美無瑕的」，以上四句是
　　　　　依照讚嘆程度的強弱排列，視情況使用。

Qui a fait ça? 　　　【ki a fɛ sa】
這是誰做的？

文法解析：疑問詞qui表示「誰」，a是動詞avoir「有」的第三人
　　　　　稱單數型，在此作為助動詞用表示過去式，fait是動詞
　　　　　faire「做」的複合過去式型，ça為代名詞表示事件。

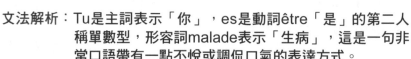

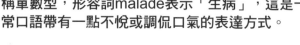

Tu es malade?【ty ɛ malad】
你有病嗎？

文法解析：Tu是主詞表示「你」，es是動詞être「是」的第二人
　　　　　稱單數型，形容詞malade表示「生病」，這是一句非
　　　　　常口語帶有一點不悅或調侃口氣的表達方式。

 老外教你學發音

Ça ne sert à rien.【sa nə sɛr a rjɛ̃】
這根本無濟於事。

文法解析：ne表示否定，sert是動詞servir「為…服務」的第三人
稱單數型與à一同使用時表示「對…有用」，rien表示
「什麼都沒有」。

老外教你學發音

Tu te rends compte?【ty tə rɑ̃ kɔ̃t】
你知道其中的嚴重性嗎？

文法解析：Tu為主詞表示「你」，te是你的代名詞，te rends
是代動詞se rendre「承認」的第二人稱單數型，se
rendre compte為慣用語表示「理解、瞭解」有到頭
來總算懂了的意味。

第**3**堂

文法課

15. 生活口語 短句馬上說

❽ 喜歡與討厭

03-08

老外 教你學發音

J'aime bien. 【ʒ em bjɛ̃】

我很喜歡。

文法解析：aime是動詞aimer「愛、喜歡」的第一人稱單數型，副詞bien表示「很好」，後面可以接名詞或原型動詞，例如電影、書或唱歌、旅行。

老外 教你學發音

Ça me plaît beaucoup.

【sa mə plɛ boku】

我非常喜歡這個。

文法解析：Ça表示某件東西或某件事，me表示「我」是動詞plaire「讓人高興」的受詞，plaît是動詞plaire的第三人稱單數型，副詞beaucoup表示「很多」；當看到某個物品，例如衣服、飾品、某種風格等，可以使用ça me plaît beaucoup表示喜歡。

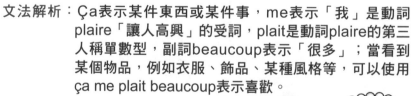

J'adore. 【ʒadɔr】

好棒，我好喜歡。

文法解析：adore是動詞adorer「熱愛」的第一人稱單數型，後面可以接名詞或原型動詞。

Je déteste ça. 【ʒə detɛst sa】

我討厭這個。

文法解析：déteste是動詞détester「討厭」的第一人稱單數型，ça表示某件事或某個東西。

J'ai horreur de ça. 【ʒ e ɔrœr də sa】

我很討厭這個。

文法解析：ai是動詞avoir「有」的第一人稱單數型，horreur是陰性單數名詞表示「厭惡」，介系詞de導引出厭惡的東西或事件，可以接名詞或動詞，例如謊話。

第**3**堂

文法課

老外教你學發音

Je ne supporte pas le mensonge.

【ʒə nə sypɔrt pa lə mɑ̃sɔ̃ʒ】

我無法忍受別人說謊。

文法解析：supporte是動詞supporter「忍受」的第一人稱單數
型，ne...pas表示否定句型，mensonge是陽性單數
名詞表示「謊言」。

老外教你學發音

C'est dégoûtant.【sɛ degutɑ̃】

這真令人作噁。

文法解析：c'est類似英文it is（這是），dégoûtant是由動詞
dégoûter「使人反感」變來的形容詞，這句話可以用
在當你對某件事情或某個東西感到心理上或生理上噁
心反感時使用。

15.生活口語短句馬上說

❾ 求助與幫助

Au secours！
【o səkur】

救命啊！

文法解析：Au是由介系詞à碰上陽性單數定冠詞le合併而成，secours是陽性單數名詞表示「救援」，這句話比較適用在自己遭遇突然的攻擊或意外時求救用。

À l'aide！
【a lɛd】

來人啊！

文法解析：aide是陰性單數名詞，由於是母音字母a開頭，所以和陰性單數定冠詞la合併成為l'aide，à l'aide為慣用語，通常都是當身邊發生緊急事件需要其他人的協助時使用。

第3堂 文法課

Est-ce que vous pouvez m'aider, s'il vous plaît.

【ɛskə vu puve mɛde sil vu plɛ】

請問您／你們可不可以幫我忙？

文法解析：Est-ce que表示疑問句型「是否」，vous為主詞表示「您」或「你們」，pouvez是動詞pouvoir「能夠」的第二人稱複數型，me表示「我」，是動詞aider「幫助」的受詞，s'il vous plaît表示「請」或「拜託」。

Tu me donnes un coup de main?

【ty mə dɔn œ̃ ku də mɛ̃】

你可以幫我一下嗎？

文法解析：Tu為主詞表示「你」，me表示「我」是動詞donner「給」的受詞，donnes是動詞donner的第二人稱單數型，un coup de main是慣用語表示「一臂之力」。

老外 教你學發音

J'ai besoin d'aide.【ʒe bzwɛ̃ dɛd】

我需要幫忙。

文法解析：Je為主詞表示「我」，ai是動詞avoir「有」的第一人稱單數型，besoin de表示「需要」後面可以接名詞或動詞，avoir besoin de是表示「需要、想要」的句型。

老外教你學發音

Tu veux que je t'aide?

【ty vø kə ʒə ted】

你要我幫你嗎?

文法解析：Tu為主詞表示「你」，veux是動詞vouloir「要」的第二人稱單數型，que後面接直述句「我幫你」，je表示「我」，te是動詞aider「幫助」的受詞，aide是動詞aider的第一人稱虛擬式型態。

老外教你學發音

Est-ce que vous avez besoin d'un coup de main?

【ɛskə vu-ave bzwɛ̃ dœ̃ ku də mɛ̃】

您／你們是否需要幫忙?

文法解析：Est-ce que表示疑問句型「是否」，vous是主詞表示「您」或「你們」，avez是動詞avoir「有」的第二人稱複數型，besoin de表示「需要」，un coup de main表示「一臂之力」。

老外教你學發音

Qu'est-ce que je peux faire pour toi?

【kɛskə ʒə pø fɛr pur twa】

我能夠為妳做些什麼嗎？

文法解析：Qu'est-ce que表示疑問型「什麼」，peux是動詞pouvoir「能夠」的第一人稱單數型，faire是原型動詞表示「做」，pour表示「為、替」，toi是受詞表示「你」。

第**3**堂 文法課

15.

生活口語短句馬上說

⑩ 快樂與悲傷 ♥

03-10

老外 教你學發音

Je suis content(e).【ʒə sɥi kɔntɑ̃(t)】
我很高興。

> 文法解析：Je是主詞表示「我」，suis是動詞être「是」的第一人稱單數型，content(e)是形容詞表示「快樂」。

老外 教你學發音

Je suis content(e) que tu sois là.
【ʒə sɥi kɔ̃tɑ̃(t) kə ty swa la】
我很高興你在這裡。

> 文法解析：que後面接直述句「你在這裡」，tu表示「你」，sois是動詞être「是」的第二人稱單數的虛擬式型態，là表示「這裡」。

老外教你學發音

Je me sens bien. 【ʒə mə sɑ̃ bjɛ̃】
我的心情不錯。

文法解析：Je是主詞表示「我」， me sens是代動詞se sentir 「感覺」的第一人稱單數型，當心情穩定或愉快時可以使用。

老外教你學發音

Il est de bonne humeur aujourd'hui.
【il ɛ də bɔn ymœr oʒurdɥi】
他今天心情不錯。

文法解析：Il是主詞表示「他」，est是動詞être「是」的第三人稱單數型，介系詞de導引出bonne humeur「好心情」，aujourd'hui表示「今天」。

第**3**堂 文法課

老外教你學發音

Je suis triste. 【ʒə sɥi trist】
我很難過。

文法解析：Je是主詞表示「我」，suis是動詞être「是」的第一
人稱單數型，triste是陰陽同體的形容詞，表示「悲傷
的」。

老外教你學發音

Je suis triste d'entendre ça.
【ʒə sɥi trist dãtãdr sa】
聽到這個令我很難過。

文法解析：Je是主詞表示「我」，suis是動詞être「是」的第一
人稱單數型，介系詞de導引出形容詞補語entendre
ça，動詞entendre表示「聽到」，ça表示「這件
事」。

老外教你學發音

Je n'ai pas le moral.
【ʒə ne pa lə mɔral】
我的心情很差。

文法解析：Je是主詞表示「我」，ne...pas為否定句型，ai是動詞
avoir「有」的第一人稱單數型，moral是陽性單數名
詞，表示「精神」，當受到打擊或有一點憂鬱情結的
時候可以使用。

老外 教你學發音

Je suis désespéré(e)
【ʒə sɥi dezɛspere】
我心灰意冷了。

文法解析：Désespéré(e)是由動詞désespérer「對…失望」變來
　　　　　的形容詞，表示「絕望」，當受到打擊而一蹶不振或
　　　　　放棄努力和嘗試的時候可以使用。

老外 教你學發音

C'est désespérant.【sɛ dezɛsperã】
這沒得救啦。

文法解析：C'est類似英語的it is（這是），désespérant是由動詞
　　　　　désespérer「對…失望」變來的形容詞，表示「無可
　　　　　救藥的」只用來形容事物，當感到無能為力同時帶有
　　　　　無奈和些許憤怒時可以使用。

第
3
堂

文
法
課

15. 生活口語 短句馬上說

03-11
MP3

⑪ 疑問與確信

● 老外 教你學發音 ●

Ah bon? C'est vrai? 【 a bɔ̃ sɛ vrɛ 】
是嗎？真的嗎？

文法解析：Ah bon為慣用句，c'est類似英語的it's（這是），這是一句口語表達方式，比較適用於熟人之間。

● 老外 教你學發音 ●

Tu es sûr? 【 ty ɛ syr 】
你確定嗎？

文法解析：sûr表示「確定」。

● 老外 教你學發音 ●

Absolument. 【 apsɔlymɑ̃ 】
當然。

文法解析：absolument是副詞表示「絕對的」，帶有堅定的意味。

Tu es certain?　【ty ɛ sɛrtɛ̃】
你確定嗎？

文法解析：Tu是主詞表示「你」，es是動詞être的第二人稱單數型，certain是形容詞表示「確定」。

Tu crois ce qu'il dit?
【ty krwa sə kil di】
你信他說的話嗎？

文法解析：Tu為主詞表示「你」，crois是動詞croire「相信」的第二人稱單數型，ce為指示代名詞，ce配合著關係代名詞que，作用類似英語的what，il表示「他」，dit是動詞dire「講」的第三人稱單數型，這句話若翻成英語是you believe what he says。

J'en suis sûr.　【ʒɑ̃ sɥi syr】
我確定。

文法解析：J'en是主詞je「我」與代名詞en的縮寫，suis是動詞être「是」的第一人稱單數型，en代表確定的事，sûr是形容詞表示「確定」。

第**3**堂

文法課

老外教你學發音

J'en ai la certitude.【ʒɑ̃ n e la sɛrtityd】
我確定。

文法解析：en是代名詞代表確定堅信的事情，certitude是陰性單
數名詞表示「堅信」。

老外教你學發音

Non, tu mens. 【nɔ̃ ty mɑ̃】
不是，你在說謊。

文法解析：mens是動詞mentir「撒謊」的第二人稱單數型。

老外教你學發音

C'est un mensonge.【sɛ t œ̃ mɑ̃sɔ̃ʒ】
這是騙人的。

文法解析：mensonge是由動詞mentir「撒謊」變來的陽性單數
名詞。

15. 生活口語 短句馬上說

⑫ 詢問與回答

03-12

老外教你學發音

Alors? Qu'est-ce que tu en penses?
【alɔr kɛskə ty ã pãs】
所以呢？你有什麼看法嗎？

文法解析：Alors表示「然後呢」，可以單獨使用表達疑問，
qu'est-ce que為疑問句型表示「什麼」，tu為主詞表
示「你」，en為代名詞表示動詞penser「想」的內
容，penses是動詞penser的第二人稱單數型。

老外教你學發音

Tu en penses quoi? 【ty ã pãs kwa】
你覺得呢？

文法解析：Quoi表示「什麼」，這句話類似英語:What do you
think?（你認為呢？）。

第 **3** 堂

文法課

Est-ce que tu as des idées?
【εskə ty a de z-ide】
你有沒有什麼點子嗎？

文法解析：Est-ce que為疑問句型表示「是否」，tu為主詞表示「你」，as是動詞avoir「有」的第二人稱單數型，idées是陰性複數名詞表示「點子、想法」。

À quoi tu penses?【a kwa ty pãs】
你在想些什麼？

文法解析：介系詞à必須與動詞penser「想」一起使用，quoi表示「什麼」，這句話比較不像是用來詢問對方的意見，而是詢問對方腦中正在想些什麼，類似英語的what do you have in mind。

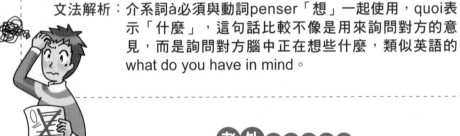

Je ne pense à rien.【ʒə nə pãs a rjɛ̃】
我沒有在想什麼。

文法解析：Je是主詞表示「我」，ne表示否定，pense是動詞penser「想」的第一人稱單數型，介系詞à必須與動詞penser一起使用，rien表示「什麼都沒有」。

老外教你學發音

Ça y est, j'ai une idée.

【saʒɛ ʒe yn−ide】

有了，我想到了。

文法解析：Ça y est為慣用語，表示「想到了、有了」帶有突然
間靈光乍現的意思，ai是動詞avoir「有」的第一人稱
單數型，idée是陰性單數名詞表示「點子、想法」。

老外教你學發音

Je ne sais pas du tout.

【ʒə nə sɛ pa dy tu】

我根本不知道。

文法解析：Je是主詞表示「我」，ne...pas表示否定，sais是動詞
savoir「知道」的第一人稱單數型，du tout表示「一
點也不」。

老外教你學發音

Je n'ai aucune idée.

【ʒə ne okyn−ide】

我不曉得。

文法解析：aucune為陰性形容詞表示「沒有任何的」，idée為陰
性名詞表示「想法」。

第**3**堂

文法課

15. 生活口語 短句馬上說

⑬ 擔心與無謂

03-13

MP3

老外教你學發音

Je m'inquiète pour mon avenir.

【ʒə mɛ̃kjɛt pur mɔ̃ n avnir】

我擔心我的未來。

文法解析：Je為主詞表示「我」，m'inquiéter是代動詞s'inquiéter
「擔心、煩惱」的第一人稱單數型，pour表示「為
了」，mon是陽性所有格形容詞表示「我的」，
avenir是陽性單數名詞表示「未來」。

老外教你學發音

Je me fais du souci pour la santé de mon père.

【ʒə mə fɛ dy susi pur la sɑ̃te də mɔ̃ pɛr】

我擔心我爸的健康。

文法解析：Je是主詞表示「我」，me是「我」的代名詞並與動
詞faire「做」組合成代動詞表示「對自己做出…」，
souci是陽性單數名詞表示「憂慮」，pour表示「為
了」，santé是陰性單數名詞表示「健康」，de表示
從屬關係類似中文「的」或英語of，père是陽性單數
名詞表示「父親」。

Ça m'inquiète.　【sa mɛ̃kjɛt】
這件事讓我有點擔心。

文法解析：Ça表示某件事情，me表示「我」是動詞inquiéter
　　　　　「擔心」的受詞。

J'ai peur de ne pas réussir.
【ʒe pœr də nə pa reysir】
我很怕不會成功。

文法解析：Je是主詞「我」，ai是動詞avoir「有」的第一人稱
　　　　　單數型，peur是陰性單數名詞表示「害怕」，avoir
　　　　　peur de是片語表示「害怕…」後面接名詞或原型動
　　　　　詞，ne pas表示否定，réussir是動詞表示「成功、達
　　　　　成」。

第**3**堂　文法課

Ne t'inquète pas.【nə tɛ̃kiɛt pa】
你別擔心。

文法解析：Ne pas表示否定，te表示「你」是動詞inquiéter的受
詞。

Ça m'est égal.【sa mɛ t egal】
我都可以。／我無所謂。

文法解析：Ça表示你覺得無所謂的事情， me表示「我」在此有
對我而言的意思，est是動詞être「是」的第一人稱單
數型，égal是形容詞表示「相同的」，這是句立場比
較中立溫和的表達方式。

Ça ne me regarde pas.
【sa nə mə rəgard pa】
這又不是我的事。／這不干我的事。

文法解析：Ça為代名詞表示事件，ne...pas表示否定，me表示
「我」是動詞regarder「與…有關」的受詞，這句話
也是立場較為中立的表達方式。

Je m'en fous. 【ʒə mã fu】
我不管。／我不在乎。

文法解析：Me fous是代動詞se foutre「不在乎」的第一人稱單
數型，en是代名詞表示不在乎的事情，這是一句帶有
情緒性的句子，使用時要注意。

Je m'en fiche. 【ʒə mã fiʃ】
我不在乎。

文法解析：Me fiche是代動詞se ficher「不在乎」的第一人稱單
數型，en是代名詞表示不在乎的事情，這也是一句帶
有情緒性的句子，使用時要注意。

第**3**堂 文法課

15. 生活口語 短句馬上說

⑭ 有趣與無趣

03-14

老外 教你學發音

C'est très intéressant.

【sɛ trɛ z ɛ̃terɛsɑ̃】

真有意思。

文法解析：c'est類似英語的it's（這是），intéressant是由動詞intéresser「使人感興趣」變成的形容詞，這句話可以在當某件事情引起你的注意時使用。

老外 教你學發音

C'est amusant.　【sɛ amyzɑ̃】

好玩啊！

文法解析：amusant是由動詞amuser「玩耍、娛樂」變來的形容詞，表示「富樂趣的、好玩的」，有時可以針對遊戲或一件令人回味的事情。

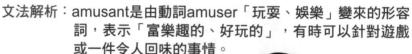

C'est marrant. 【sɛ marɑ̃】
這真滑稽！

文法解析：marrant是由動詞 se marrer「捧腹大笑」變來的形容詞，當看到新奇或另類的東西或聽到帶有幽默感的事時可以使用，但有時可能帶著疑惑或反諷的意味。

C'est drôle. 【sɛ drɔl】
這好好笑哦！

文法解析：drôle是陰陽同體的形容詞，表示「滑稽的」，當碰到好笑的或新鮮的人事物時可以使用。

第 **3** 堂

文法課

C'est le pied. 【sɛ lə pje】
太過癮了。

文法解析：這是句俗語，pied是陽性單數名詞表示「腳」，當做了或經歷了一件令人感到非常舒暢或快樂的事之後，以感嘆的方式說出，比如說冬天去泡溫泉。

C'est ennuyeux. 【sɛ ãnɥijø】
真無聊！

文法解析：ennuyeux是陽性單數形容詞，表示「無趣的」，當碰到一件無趣的或令人感到沒有意義的或過氣的事物時可以使用。

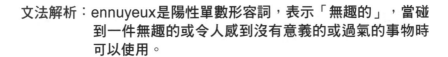

C'est embêtant. 【sɛ ãbɛtã】
真是煩人！

文法解析：embêtant是由動詞embêter「令人苦惱」變來的形容詞，表示「令人煩惱的」，當碰到無法避免和解決或令人苦惱的事情時可以使用，例如一直被麻煩處理別人的事情。

老外 教你學發音

Ça me casse la tête.
【sa mə kas la tet】
這件事把我弄得煩死了！

文法解析：Ça指的是某件事， me表示「我」是動詞casser「弄碎、打破」的受詞，tête是「頭」的意思，當碰到困惑或令人百思不解的事情時可以使用。

老外 教你學發音

Ça fatigue.　　　【sa fatik】
真是累人。

文法解析：Ça指的是某件事，fatigue是動詞fatiguer「使人疲累」的第三人稱單數型，當碰到令人疲倦或身心俱疲的事情時可以使用，例如不斷討好別人或討論某件事。

老外 教你學發音

Je m'ennuie.　　【ʒə mãnɥi】
我覺得好無聊。

文法解析：Je是主詞表示「我」， m'ennuyer是動詞s'ennuyer「無聊」的第一人稱單數型。

15.

生活口語短句馬上說

⑮ 現在與立刻

03-15

老外教你學發音

Un instant, s'il vous plaît.

【œ̃ ɛstɑ̃ sil vu plɛ】

請（你們／您）稍待一會。

文法解析：Un是數字表示「一個」，instant是陽性單數名詞表示「一會兒、片刻」，un instant是一句比較中立的句子，適用於絕大部份的場合。

老外教你學發音

Deux secondes, j'arrive.

【dø səkɔ̃d ʒariv】

等一下，我馬上來。

文法解析：seconde是陰性名詞表示「秒鐘」，deux secondes是慣用句表示「等一下」，是句口語的表達方式，可以單獨使用或搭配其它句子，deux secondes, j'arrive也可以使用在應門的情況。

老外 教你學發音

Tu viens tout de suite.
【ty vjɛ̃ tu də sɥit】
你立刻過來。

文法解析：Tu是主詞表示「你」，viens是動詞venir「來」的第二
人稱單數型，tout de suite是慣用句表示「立刻」。

老外 教你學發音

Maintenant, qu' est-ce qu'on fait?
【mɛ̃tnɑ̃ kɛskə kɔ̃ fɛ】
那我們現在要做什麼？

文法解析：Maintenant表示「現在」，qu'est-ce que表示疑問
句「什麼」，on在此表示「我們」，fait是動詞faire
「做」的第三人稱單數型。

老外 教你學發音

Attendez-moi！【atɑ̃de mwa】
（你們）等我！

文法解析：Attendez是動詞attendre「等待」的第二人稱複數命令
型，帶有命令或請求的意思，如果對象只有一個人的
話，則說attends-moi.「等我！」。

第 **3** 堂 文法課

老外教你學發音

Attends, je vais t'expliquer.

【atɑ̃ ʒə ve tɛksplike】

等一下，我解釋給你聽。

文法解析：Attends是動詞attendre的第二人稱單數命令型，je是主詞表示「我」，vais是動詞aller「去」的第一人稱單數型，在此為半助動詞，帶有即將發生的意思，te表示「你」是動詞expliquer「解釋」的受詞。

老外教你學發音

Je vous rejoins dans une demie heure.

【ʒə tə rʒwaɛ̃ dɑ̃z−yn dəmi œr】

我半小時後與你們碰面。

文法解析：Je是主詞表示「我」，vous在此表示「你們」是動詞rejoindre「見面、碰面」的受詞，rejoins是動詞rejoindre的第一人稱單數型，dans表示「在…之內」，demie表示「一半的」，heure表示「一個鐘頭」。

老外教你學發音

Voilà je suis arrivé(e).

【vwala ʒə sɥi z−arive】

我到了！

文法解析：Voilà表示「好啦」帶有一點調皮的味道，suis是動詞être「是」的第一人稱單數型，在此為助動詞的功能，arrivé(e)是動詞arriver「到達」的複合過去式型態，注意若說話者是女性則要在字尾加上e。

15. 生活口語短句馬上說

⑯ 讚嘆與抱怨

03-16
MP3

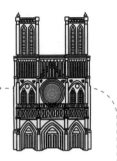

老外 教你學發音

Qu'est-ce que c'est beau !
【kɛskə sɛ bo】
好美啊！

文法解析：Qu'est-ce que在表示讚嘆，c'est類似英語的it's（這是），beau是陽性單數形容詞表示「美好的」。

老外 教你學發音

C'est génial !　　　【sɛ ʒenjal】
太棒了！

文法解析：Génial是陽性單數形容詞表示「讚！」。

第 **3** 堂

文法課

215

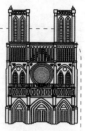

C'est merveilleux !【sɛ mɛrvɛjø】
太令人感動了！

文法解析：merveilleux是陽性單數形容詞表示「令人激賞的」，
帶有一些心情上的波動，例如看完一場表演等。

C'est magnifique !【sɛ maɲifik】
太精彩了！

文法解析：Magnifique是陰陽同體的單數形容詞表示「令人讚嘆
的」，譬如看到一幅畫作或一幅美景等。

Ce n'est pas bon.【sə nɛ pa bɔ̃】
這不夠好！

文法解析：ne...pas表示否定，bon是陽性單數形容詞表示「好
的」。

C'est mal fait. 【sɛ mal fɛ】

這個做得亂七八糟的。／這做得很糟糕。

文法解析：Mal是副詞表示「壞、不好」，fait是由動詞faire「做」變來的形容詞。

Ça va pas！ 【sa va pa】

這不行！／這不適合！

文法解析：va是動詞aller「走」的第三人稱單數型，在此表示一件事情或事物的狀態。

第**3**堂　文法課

C'est n'importe quoi.【sɛ nɛ̃pɔrt kwa】

這根本是亂來。

文法解析：n'importe quoi為慣用句表示「亂七八糟、鬼扯」，這句話是非常口語的表達方式，使用時要特別注意。

Leçon 4

第4堂

會話課
法式生活必備情境會話

| 法語常識小問答 |

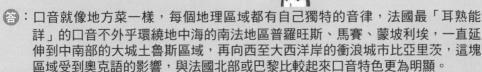

問：**法國人說話時是不是有口音？**

答：口音就像地方菜一樣，每個地理區域都有自己獨特的音律，法國最「耳熟能詳」的口音不外乎環繞地中海的南法地區普羅旺斯、馬賽、蒙坡利埃，一直延伸到中南部的大城土魯斯區域，再向西至大西洋岸的衝浪城市比亞里茨，這塊區域受到奧克語的影響，與法國北部或巴黎比較起來口音特色更為明顯。

問：**法國人自認法文浪漫嗎？**

答：如果問法國人這個問題，大部份的法國人基於禮貌和謙遜都不會承認，但與其說浪不浪漫，法國人可能比較在乎法文的品質與使用的技巧，從法國政府投入大量心力保存與發揚法文到法國人熱愛閱讀的習慣，再加上法國人本身愛開玩笑的個性和想像的能力，種種因素使得法國人說話時讓人覺得浪漫，若硬要說出一個足以擊敗法文在法國人心目中的地位的語言，那麼大概只有義大利文吧。

27 ans
乃文Naïwen

快來認識會話課的4個主角

La vierge. 處女座。	你的星座是…？
Le chinois, le français et l'anglais. 中文、法文和英文。	你說幾種語言？
做瑜珈　　　　　　　　　騎腳踏車 Je fais du yoga et je commence à faire du vélo. 我做瑜珈，最近開始騎單車。	你做什麼運動？
禮服 J'adore la robe de Kate. Elle était splendide. 我很喜歡凱特的禮服，她實在是光彩奪目。	對於威廉王子和凱特的 皇家婚禮，你有什麼想法？
除了 J'aime tout sauf le film d'horreur. 除了恐怖片之外我什麼都喜歡。	你喜歡哪種類型的電影？
《Où es-tu》 de Marc Levy. 馬克‧李維的《你在哪裡？》	你喜歡的法文書是…？
Non, je n'aime pas tout ce qui est sucré. C'est 易胖的 grossissant. 我不喜歡任何甜的東西，容易變胖。	你喜歡吃甜點嗎？
Audrey Tautou - Hors de prix, Coco avant Chanel, Le fabuleux destin d'Amélie Poulain. 奧黛莉‧朵杜：《巴黎拜金女》、《時尚女王香奈兒》、《艾蜜莉的異想世界》。	你喜歡的法國演員是…？
J'aime bien Edith Piaf. 我蠻喜歡伊笛絲‧琵雅芙。	你喜歡的歌手是…？
Du lapin. 兔子。	你認為最噁心的食物是…？
Le café. 咖啡。	你最喜歡的飲料是…？

27 ans
馬克 Marc

Quel est ton signe astrologique?
星座

Le Scorpion.
天蠍座。

Combien de langue parles-tu?
語言

Le français, l'anglais et un peu italien.
法文、英文和一點義大利文。

Quel sport pratiques-tu?
運動

Je fais du tennis depuis le lycée.
我從高中開始就打網球。

Que penses-tu à propos du mariage entre le prince William et Kate?
婚禮

認為、發現　　　　　　　其它事
Je trouve qu'ily a bien d'autres choses qui sont plus importantes que ce mariage.
我覺得還有很多比這場婚禮更重要的事情。

Quel genre de film aimes-tu?
電影

La science fiction.
科幻片。

Quel est ton livre préféré en français?
書籍

《Le Jeu de l'Ange》 de Carlos Ruiz Zafón.
卡洛斯‧魯依斯‧薩豐的《天使遊戲》。

Aimes-tu le dessert ?
甜點

提拉米蘇
Oui j'aime le tiramisu.
我喜歡提拉米蘇。

Quel acteur français aimes-tu?
演員

Jean Réno – Léon, Godzilla, Ronin.
尚‧雷諾：《終極追殺令》、《酷斯拉》、《冷血悍將》。

Quel chanteur aimes-tu?
歌手

Calogéro, Bob Marley, BEP.
卡洛吉歐、巴布‧馬力和黑眼豆豆。

Quel est le plat le plus dégoûtant selon toi?
噁心的

Il n'y a pas de plat qui me dégoûte, mais il existe des
吃
plats que je ne mange pas.
沒有令我感到噁心的食物，但有我不吃的菜。

Quelle est ta boisson préférée?
飲料

Le thé parfumé.
花茶。

快來認識會話課的4個主角

你的星座是…？
Le Verseau.
水瓶座。

你說幾種語言？
Le français, l'hébreu et l'anglais.
法文、希伯來文和英文。

你做什麼運動？
游泳　　　　　　慢跑
Je fais souvent de la natation et du jogging.
我常游泳和慢跑。

對於威廉王子和凱特的
皇家婚禮，你有什麼想法？
認為
Je pense que c'est une bonne chose et en plus
觀光客
ça ramène des touristes.
我覺得這是件好事，而且吸引觀光客。

你喜歡哪種類型的電影？
偏好
Je ne sais pas. Je n'ai pas de préférence.
我不知道，我沒有特別的偏好。

你喜歡的法文書是…？
《L'amant》 de Marguerite Duras.
瑪格麗特．杜哈的《情人》。

你喜歡吃甜點嗎？
喜愛
Oui et j'aime en faire aussi.
是的，我也喜歡自己動手做甜點。

你喜歡的法國演員是…？
Marion cotillard – Inception, La Vie en Rose, Taxi.
瑪莉詠．柯提雅：《全面啟動》、《玫瑰人生》、
《終極殺陣》。

你喜歡的歌手是…？
Joe Dassin, Bon Jovi & Neyo.
喬．達欣、邦喬飛和尼歐。

你認為最噁心的食物是…？
Le riz gluant.
糯米。

你最喜歡的飲料是…？
Du jus de fruit.
果汁。

25 ans
昆汀 Quentin

Quel est ton signe astrologique?
星座

Le Gémeaux.
雙子座。

Combien de langue parles-tu?
語言

Le français et l'anglais débutant.
法文和初級英文。

Quel sport pratiques-tu?
運動

Je ne pratique pas de sport.
我不做運動。

Que penses-tu à propos du mariage entre le prince William et Kate?
婚禮

被媒體炒作的
Franchement c'est trop médiatisé.
說實在的，這場婚禮被媒體炒作過頭了。

Quel genre de film aimes-tu?
電影

黑白片
Le documentaire et le noir et blanc.
記錄片和黑白片。

Quel est ton livre préféré en français?
書籍

很多
Il y en a beaucoup, je n'arrive pas à en citer un.
太多了，我無法說出一本。

Aimes-tu le dessert ?
甜點

很少   甜塔
Je prends rarement le dessert mais j'aime bien les tartes.
我很少吃甜點，但我喜歡吃甜塔。

Quel acteur français aimes-tu?
演員

Gérard Depardieu - Cyrano de Bergerac, Paris, je t'aime, Green Card.
傑哈·狄巴杜：《大鼻子情聖》、《巴黎我愛你》、《綠卡》。

Quel chanteur aimes-tu?
歌手

Noir désir, Nickleback & Jay-Z.
黑色慾望樂團、五分錢樂團和傑斯。

Quel est le plat le plus dégoûtant selon toi?
語言

乳酪   忍受
Le fromage parce que je ne supporte pas du tout l'odeur.
乳酪，因為我受不了那股味道。

Quelle est ta boisson préférée?
飲料

L'Orangina
法奇那橘子汽泡飲料。

Dialogue

Quentin : Je m'appelle Quentin. Enchanté.

Naïwen : Enchantée. Je m'appelle Naïwen.

Quentin : Tu es japonaise?

Naïwen : Non. Je suis taïwanaise.

Quentin : Tu es étudiante?

Naïwen : Oui, je suis étudiante, et toi?

Quentin : Moi aussi,

je suis

étudiant.

Naïwen : Tu es à

l'université

Paris III?

Quentin : Oui.

J'étudie le

cinéma.

昆汀：我叫昆汀，很高與認識你。

乃文：很高與認識你，我叫乃文。

昆汀：你是日本人嗎？

乃文：不，我是台灣人。

昆汀：你是學生嗎？

乃文：是的，我是學生，你呢？

昆汀：我也是，我是學生。

乃文：你是巴黎三大的學生嗎？

昆汀：是啊，我念電影。

會 話 關 鍵 字

句中原文	原形	詞性	中譯
je	je	代名詞	我
m'appelle	s'appeler	代動詞	叫做
enchantée	enchanté(e)	形容詞	幸會
tu	tu	代名詞	你
suis	être	動詞	是
étudiant	étudiant(e)	名詞	學生
japonaise	japonais(e)	形容詞	日本人
taïwanaise	taïwanais(e)	形容詞	台灣人
et	et	連接詞	和、那麼
toi	toi	代名詞	你
moi	moi	代名詞	我
aussi	aussi	副詞	也
l'université	université	陰性單數名詞	大學
étudie	étudier	動詞	學習
le cinéma	cinéma	陽性單數名詞	電影

第**4**堂

會 話 課

解構法語

1. 動詞être（是）類似英語的be動詞：

我是	Je suis	我們是	Nous sommes
你是	Tu es	你們是	Vous êtes
他／她是	Il/Elle est	他／她們是	Ils/Elles sont

2. 代動詞s'appeler（叫做…）：

我叫做	Je m'appelle	我們叫做	Nous nous appelons
你叫做	Tu t'appelles	你們叫做	Vous vous appelez
他／她叫	Il/Elle s'appelle	他／她們叫做	Ils/Elles s'appellent

關鍵文法

1. enchanté（幸會、很高興認識您。）：
   用在初次見面，問與答都說enchanté。

2. Je suis taïwanaise.（我是台灣人。）
   這裡要注意說話者的性別，席琳是女性所以她必須說taiwanaise，而不是taïwanais。

3. 法語中每一個名詞都有自己的性別，本文中由於昆汀是男性，所以用陽性單數的學生étudiant，乃文是女性，所以用陰性單數的學生étudiante。

   原文 Naïwen：Oui, je suis étudiante.（是的，我是學生。）

   活用 Vanessa Paradis est une actrice.（凡妮莎芭哈蒂是一位演員。）

   活用 Johnny Depp est aussi un acteur.（強尼戴普也是一位演員。）

1. 主題 | 自我介紹

場景 2
action!

乃文在黎亞的家中遇到黎亞的媽媽。

04-02
MP3

Dialogue

La mère de Léa	: Bonjour, comment vous appelez-vous?
Naïwen	: Je m'appelle Naïwen.
La mère de Léa	: D'où venez-vous?
Naïwen	: Je viens de Taïwan.
La mère de Léa	: Quel âge avez-vous?
Naïwen	: J'ai vingt deux ans.
La mère de Léa	: Où habitez-vous à Paris?
Naïwen	: J'habite près de la tour Montparnasse.
La mère de Léa	: Vous parlez bien français.
Naïwen	: Merci.

第 4 堂 會話課

227

黎亞的母親：您好，您叫什麼名字？

乃文　　　：我叫乃文。

黎亞的母親：您從哪來的？

乃文　　　：不是，我從台灣來的。

黎亞的母親：您幾歲？

乃文　　　：我二十二歲。

黎亞的母親：您住巴黎哪裡？

乃文　　　：我住靠近蒙巴那斯大樓附近。

黎亞的母親：您法語說得很好。

乃文　　　：謝謝。

句中原文	原形	詞性	中譯
la mère	mère	陰性單數名詞	母親
comment	comment	副詞	如何
vous	vous	代名詞	您、你們
d'où	d'où	疑問詞	從哪裡
viens	venir	第三組動詞	來
de	de	介系詞	從
quel	quel	形容詞	哪一個
âge	âge	陽性名詞	年紀
avez	avoir	第三組動詞	有
ans	an	陽性名詞	歲
où	où	副詞	哪裡
habitez habite	habiter	第一組動詞	住
près	près	介系詞	靠近
la tour	tour	陰性名詞	高樓
parlez	parler	第一組動詞	說
français	français	陽性名詞	法文
bien	bien	副詞	好

1. 動詞avoir（有）類似英語的have：

我有	J'ai	我們有	Nous avons
你有	Tu as	你們有	Vous avez
他／她有	Il/Elle a	他／她們有	Ils/Elles ont

2. 動詞venir（來）類似英語的come：

我來自	Je viens	我們來自	Il/Elle vient
你來自	Tu viens	你們來自	Vous venez
他／她來自	Il/Elle vient	他／她們來自	Ils/Elles viennent

關鍵文法

1. 稱呼陌生人或輩份較高的人物要使用vous（您），但是對方年紀若與你相仿或同事間可以使用tu（你）稱呼。

2. Comment vous appelez-vous?（您叫做什麼名字？）也可以說成：Comment vous vous appelez? 或Vous vous appelez comment?

3. 疑問句製作方法：疑問詞+動詞+主詞。(可參考文法篇疑問句章節)

   原文 Quel âge avez-vous?（您幾歲？）
   活用 Où vas-tu?（你要去哪？）

4. d'où venez-vous?（您從哪來的？）de表示來源地或出發地「從

第**4**堂

會話課

…」。

原文 Je viens de Taïwan.（我從台灣來。）
活用 Cette marque vient de France.（這個牌子來自法國。）

5. 年齡的表達方式：主詞+動詞avoir（有）+數字+an(s)。

原文 J'ai vingt-deux ans.（我二十二歲。）
活用 Je vais avoir trente ans cette année.（我今年要滿三十歲了。）

6. J'habite...若je（我）後面所接的動詞的第一個字母是母音例如a或是啞音h，則自動縮寫。

Je ai ➜ J'ai（我有）
Je habite ➜ J'habite...（我住…）

法語口語短句補給站

★Comment allez-vous? 您好嗎？

- -

★Quoi de neuf? 最近忙什麼？

- -

★À bientôt. 待會見、再見。

- -

★Comment vous appelez-vous? 您叫什麼名字？

- -

★Merci beaucoup. 多謝。

- -

★Il n'y a pas de quoi. 不客氣。

- -

2. 主題 | 打招呼

黎亞和馬克兩三個星期沒見面了。

04-03

MP3

Dialogue

Léa　: Salut Marc, comment vas-tu?

Marc : Oui, je vais bien. Merci. Et toi?

Léa　: Oui, ça va bien.

Marc : Et ton copain, il va bien?

Léa　: Il est malade. Il est à la maison.

第 **4** 堂

會話課

231

會話情境

黎亞：嗨，馬克，你好嗎？
馬克：我很好，謝謝，你呢？
黎亞：我很好。
馬克：你男朋友他最近好嗎？
黎亞：他生病了，他待在家裡。

會話關鍵字

句中原文	原形	詞性	中譯
salut	salut	陽性單數名詞	嗨
vas	aller	第三組動詞	走
ton	ton	陽性單數所有格形容詞	你的
copain	copain	陽性單數名詞	男性朋友
malade	malade	陰陽同體形容詞	生病
la maison	maison	陰性單數名詞	家

解構法語

1. 動詞aller（去）在這表示身體狀況或近況：

我去	Je vais	我們去	Nous allons
你去	Tu vas	你們去	Vous allez
他／她去	Il/Elle va	他／她們去	Ils/Elles vont

關鍵文法

1. Salut（嗨）類似英語的hi，用於朋友之間，問和答都是salut，時常搭配ça va （你好嗎）一起使用。

   原文 Salut Marc, comment vas-tu? （嗨馬克，你好嗎？）

活用 Salut, ça va?（嗨，你好嗎？）Oui, ça va bien et toi?
（很好，你呢？）

2. Comment vas-tu?（你好嗎？）這一句與Ça va是同樣的意思，
如果問候的對象是陌生人或長輩的話則必須說Comment allez-
vous?（您好嗎？）。

3. ton（你的）後接陽性單數名詞。

原文 Et ton copain, comment va-t-il?（你男朋友好嗎？）
活用 Ton train est à quelle heure?（你的火車是幾點？）

4. copain是指男性的朋友，但也有可能是指petit copain（男朋
友），在這裡是男朋友的意思。

會話補充

1. Bonjour, ça va?（你好嗎？）

2. Oui, ça va.（很好。）

3. Comment ça va?（你好嗎？）

4. Vous allez bien?（您好嗎？）

場景 **2** 馬克詢問昆汀的近況。

04-04

D i a l o g u e

Marc : Salut. Quoi de neuf?

Quentin : Je vais à Londres.

Marc : Pourquoi vas-tu à Londres?

Quentin : J'ai une copine qui se marie ce week-end. Et toi, quoi de neuf?

Marc : Rien de spécial.

會話情境

> 馬克：嗨，最近在做什麼？
> 昆汀：我要去倫敦。
> 馬克：你為什麼要去倫敦？
> 昆汀：我有一個在倫敦的朋友這個週末結婚。您呢？
> 馬克：沒什麼特別的。

句中原文	原形	詞性	中譯
quoi	quoi	疑問詞	什麼
neuf	neuf	陽性單數形容詞	新的
pourquoi	pourquoi	副詞	為什麼
une copine	copine	陰性單數名詞	女性朋友
qui	qui	代名詞	誰
se marie	se marier	代動詞	結婚
ce	ce	陽性指示形容詞	這個
week-end	week-end	陽性單數名詞	週末
rien	rien	陽性單數名詞	什麼也沒有
spécial	spécial	陽性單數形容詞	特別的

關鍵文法

1. à表示目的地或到達地、到某處。

   原文 Je vais à Londres. （我要去倫敦。）
   活用 Je vais à la boulangerie. （我要去麵包店。）

2. J'ai... qui...（我有一個…的…）。

   原文 J'ai une copine qui se marie ce week-end. （我有一個
   朋友這個週末結婚。）
   活用 J'ai un copain qui viens de France. （我有一個從法國來
   的朋友。）

3. ce（這個）後面接陽性單數名詞。

   原文 ce week-end （這個週末。）
   活用 Ce samedi je vais à la campagne. （這個星期六我要去
   鄉下。）

第
4
堂

會
話
課

 action!

乃文向服務生詢問洗手間在哪裡。

 04-05 MP3

D i a l o g u e

Naïwen : Excusez-moi, où sont les toilettes?

Serveur : Tout droit au fond à gauche.

Naïwen : Oui.

Serveur : Vous descendez par les escaliers. Les toilettes sont au sous-sol.

會 話 情 境

乃文　：不好意思，洗手間在哪？
服務生：您直走到底左手邊。
乃文　：是。
服務生：您走樓梯下去，洗手間在地下室。

會話關鍵字

句中原文	原形	詞性	中譯
les toilettes	toilettes	陰性複數名詞	廁所
tout droit	tout droit	副詞	直直的
au fond	au fond	副詞	到底
gauche	gauche	陰性單數名詞	左邊
puis	puis	副詞	然後
descendez	descendre	第三組動詞	下樓
par	par	副詞	靠著
les escaliers	escaliers	陽性複數名詞	樓梯
au sous-sol	sous-sol	陽性單數名詞	地下室

關鍵文法

1. Excusez-moi（抱歉、不好意思）類似英語中的Excuse me，適用任何場合。

   原文 Excusez-moi, où sont les toilettes?（不好意思，廁所在哪？）

   活用 Excusez-moi, où est la sortie?（不好意思，出口在哪？）

2. Par...（利用）類似英語的by。

   原文 Vous descendez par les escaliers.（您走樓梯下樓。）

   活用 Je monte par l'ascenseur.（我搭電梯上樓。）

會話補充

1. Je suis perdu(e).（我迷路了。）

2. Je ne connais pas le chemin.（我不知道怎麼去。）

3. Je ne sais pas où je suis.（我不知道我在哪裡。）

4. On demande aux gens?（我們問人吧？）

第 **4** 堂

會話課

237

場景 2 action!

乃文問昆汀花神咖啡
廳在哪裡。

04-06 MP3

Dialogue

Naïwen : Tu sais où est le café de Flore?

Quentin : Oui, il est sur le boulevard Saint-Germain, derrière la boutique de Louis Vuitton.

Naïwen : C'est facile à trouver?

Quentn : Oui.

會話情境

乃文：你知道花神咖啡在哪嗎？
昆汀：我知道，在聖日耳曼大道上，路易威登的店後面。
乃文：好找嗎？
昆汀：好找。

 **會話關鍵字**

句中原文	原形	詞性	中譯
sais	savoir	第三組動詞	知道
le café	café	陽性單數名詞	咖啡廳
sur	sur	介系詞	在…上面
le boulevard	boulevard	陽性單數名詞	大道、林蔭大道
derrière	derrière	介系詞	在…後面
la boutique	boutique	陰性單數名詞	商店
facile	facile	陰陽同體形容詞	容易的
trouver	trouver	第一組動詞	找

 **解構法語**

1. 動詞savoir（知道）：

我知道	Je sais	我們知道	Nous savons
你知道	Tu sais	你們知道	Vous savez
他／她知道	Il/Elle sait	他／她們知道	Ils/Elles savent

 關鍵文法

1. 定冠詞le, la, les類似英語的the，表示這個、那個與這些、那些。

	單數名詞	複數名詞	母音或啞音為首的名詞
陽性	le		
陰性	la	les	l'

2. C'est facile à...（很容易…、很簡單…）à後面接原型動詞。

原文 C'est facile à trouver.（很容易就能找到。）
活用 C'est facile à apprendre.（很簡單就能學會。）

第**4**堂

會話課

239

場景
1

action!

乃文邀請昆汀到她家
裡做客。

04-07

MP3

Dialogue - ➤

Naïwen : Qu'est-ce que tu fais ce soir?

Quentin : Rien de prévu. Pourquoi?

Naïwen : Tu veux venir chez moi?

Quentin : Oui, pourquoi pas. À quelle heure?

Naïwen : À sept heures?

Quentin : Ok, à tout à l'heure !

會話情境

乃文：你今晚做什麼？
昆汀：我今晚什麼都不做，怎麼了？
乃文：你要來我家嗎？
昆汀：好啊，為何不，幾點呢？
乃文：七點？
昆汀：好，那待會見。

會話關鍵字

句中原文	原形	詞性	中譯
fais	faire	第三組動詞	做
soir	soir	陽性單數名詞	晚上
prévu	prévu	陰性單數形容詞	計劃好的
veux	vouloir	第三組動詞	要
venir	venir	第三組動詞	來
chez	chez	介系詞	在…的家中
quelle	quelle	陰性單數形容詞	哪一個
heure	heure	陰性單數名詞	鐘點

解構法語

1. 動詞faire（做）：

我做	Je fais	我們做	Nous faisons
你做	Tu fais	你們做	Vous faites
他／她做	Il/Elle fait	他／她們做	Ils/Elles font

2. 動詞vouloir（要）：

我要	Je veux	我們要	Nous voulons
你要	Tu veux	你們要	Vous voulez
他／她要	Il/Elle veut	他／她們要	Ils/Elles veulent

關鍵文法

1. 表示疑問的句型：Qu'est-ce que+主詞+動詞。

   原文 Qu'est-ce que tu fais ce soir?（你在做什麼？）
   活用 Qu'est-ce qu'il regarde?（他在看什麼？）

2. vouloir（要）+人事物或原型動詞，表示「要…」。

   原文 Tu veux venir?（你要來嗎？）
   活用 Qu'est-ce que vous voulez?（您／你們要什麼？）
   活用 Je veux aller en France.（我要去法國。）

3. chez...（在…）+受詞或人名，表示在某人的住處。

   原文 Tu veux venir chez moi?（你要來我家嗎？）
   活用 Nous sommes chez Pierre.（我們在Pierre家。）

▲受語：類似英語的人稱受詞me, you, them etc。

我	Je	moi	我們	Nous	nous
你	Tu	toi	你們	Vous	vous
他／她	Il/Elle	lui/elle	他／她們	Ils/Elles	eux

會話補充

1. Rien de spécial.（沒在做什麼啊。）

2. Je suis libre ce soir.（今天晚上我有空。）

3. Je suis pris(e) ce soir.（今天晚上我有約了。）

4. Je dois y aller.（我必須走了。）

Dialogue

Léa : Je fais une soirée ce soir. Tu viens?

Naïwen : Oui. Qui vient ce soir?

Léa : Il y a Quentin et Marc qui viennent.

Naïwen : D'accord. Je ramène quelque chose?

Léa : Une bouteille de vin?

Naïwen : Ok. A ce soir.

第 **4** 堂

會話課

黎亞：我今晚辦一個派對，你來嗎？

乃文：好，今晚有誰會來？

黎亞：昆汀和馬克會來。

乃文：好，我要帶點什麼東西嗎？

黎亞：一瓶酒？

乃文：好，那今晚見。

 會 話 關 鍵 字

句中原文	原形	詞性	中譯
une soirée	soirée	陰性單數名詞	派對
d'accord	d'accord	片語	好的、我同意
ramène	ramener	第一組動詞	帶來
quelque	quelque	陰陽同體形容詞	某些
chose	chose	陰性單數名詞	東西
une bouteille	bouteille	陰性單數名詞	瓶子
vin	vin	陽性單數名詞	酒

關 鍵 文 法

1. Je fais...（我辦…、我做…）是法語中常用的句型。

原文 Je fais une soirée ce soir.（我今晚辦派對。）
活用 Ce soir, je fais un repas.（今晚我做菜。）

2. Qui（誰）類似英語的who，句型：Qui+動詞 或 Qui+動詞+主詞。

原文 Qui vient ce soir?（今晚有誰會來？）
活用 Qui va chez Marc?（有誰會去馬克家？）

3. Il y a...（有…）類似英語的there is/there are。

原文 Il y a Quentin et Marc qui viennent.（昆汀和馬克會來。）
活用 Il y a du monde!（好多人哦！）

昆汀對台灣的天氣感
到好奇。

04-09

Quentin : Il fait froid aujourd'hui ! Quel temps fait-il à Taiwan?

Naïwen : Il ne fait pas très froid en hiver mais il pleut souvent.

Quentin : Il neige à Taiwan?

Naïwen : Non. Il neige seulement à la montagne.

Quentin : Il y a des typhons, n'est-ce pas?

Naïwen : Oui, il y a souvent des typhons en été, c'est horrible !

第 **4** 堂

會話課

昆汀：今天好冷！台灣的天氣如何？

乃文：冬天不是很冷，但是經常下雨。

昆汀：台灣會下雪嗎？

乃文：不會，只有山上才會下雪。

昆汀：是不是有颱風？

乃文：是啊，夏天時常有颱風，好可怕！

句中原文	原形	詞性	中譯
froid	froid	陽性單數名詞	冷
aujourd'hui	aujourd'hui	副詞	今天
quel	quel	陽性單數形容詞	哪種
temps	temps	陽性單數名詞	天氣
très	très	副詞	很、非常
en hiver	en hiver	片語	在冬天
mais	mais	連接詞	但是
pleut	pleuvoir	第三組動詞	下雨
souvent	souvent	副詞	經常
neige	neiger	第一組動詞	下雪
seulement	seulement	副詞	只、僅僅
typhons	typhon	陽性單數名詞	颱風
en été	en été	片語	在夏天
horrible	horrible	陰陽同體形容詞	可怕的

關鍵文法

1. 天氣的表達法：il fait+冷、熱、晴朗等，il（他）為虛主詞。

原文 Il ne fait pas très froid en hiver?（冬天不是很冷。）
活用 Il fait beau.（天氣晴朗。）

2. 否定句的製作方法：主詞+ne+動詞+pas。

活用 Je ne veux pas aller chez Marc.（我不要去馬克家。）

昆汀覺得天氣開始變熱了。

04-10

Dialogue

Quentin : Quel beau ciel bleu!

Léa : Oui. C'est beau.

Quentin : J'ai un peu chaud, pas toi?

Léa : Non, ça va.

Quentin : Il fait de plus en plus chaud. On va à la plage?

Léa : La plage? On est à Paris!

第 4 堂 會話課

247

昆汀：天空好藍！
黎亞：是啊，好美。
昆汀：我有點熱了，你不會嗎？
黎亞：不會，還好。
昆汀：天氣開始轉熱了，我們去海邊吧？
黎亞：海邊？我們在巴黎啊！

會話關鍵字

句中原文	原形	詞性	中譯
beau	beau	陽性單數形容詞	晴朗的
ciel	ciel	陽性單數名詞	天空
bleu	bleu	陽性單數形容詞	藍色的
un peu	un peu	副詞	一點點
chaud	chaud	陽性單數名詞	熱
de plus en plus	de plus en plus	副詞	越來越
la plage	plage	陰性單數名詞	海灘

關鍵文法

1. 驚嘆或稱讚的表達方式：Quel+形容詞+陽性單數名詞。

   原文 Quel beau ciel bleu!（天空好藍！）
   活用 Quel pauvre type!（好可憐的傢伙！）

2. 身體感受的表達方式：主詞+avoir（有）+熱、冷、渴、餓。

   原文 J'ai chaud.（我很熱。）
   活用 Tu as soif?（你口喝嗎？）

3. On原意是大家、人們，但口語上表示「我們」的概念已經逐漸被接受，雖然on表示我們，但其詞性為第三人稱單數，與il/elle相同。

   原文 On va à la plage?（我們去海邊吧？）
   活用 On est perdu?（我們迷路了。）

黎亞和牙醫約好看診時間卻忘記了。

04-11

Dialogue - - - - - - - - - - - - - - - ➤

Léa : Quelle heure est-il?

Quentin : Il est quatre heures.

Léa : Oh là là, il est déjà quatre heures !

Quentin : Pourquoi?

Léa : J'ai rendez-vous à la banque à quatre heures et demie.

會話情境

黎亞：現在幾點了昆汀？

昆汀：四點了。

黎亞：天哪，已經四點了！

昆汀：怎麼了嗎？

黎亞：我和銀行四點半有約。

會話關鍵字

句中原文	原形	詞性	中譯
oh là là	oh là là	感嘆語	糟糕、真是的
déjà	déjà	副詞	已經
rendez-vous	rendez-vous	陽性單數名詞	約會
la banque	banque	陰性單數名詞	銀行
demie	demie	陰性單數名詞	一半

關鍵文法

1. 時間的表達方法：Il est+數字+heure(s)，il（他）為表示時間的虛主詞，注意除了一點鐘之外，heure（鐘點）後面要加s以表示複數。

   原文 Il est quatre heures（現在四點了。）

   活用 Il est cinq heures de l'après-midi（現在下午五點。）

   ▲在特殊或正式的場合，例如機場、火車站、會議等，時間的表達以二十四小時制為主。

   活用 La conférence est à quatorze heures.（會議下午二點開始。）

   活用 Mon train part à quinze heures trente.（我的火車下午三點半開。）

2. 時間的詢問方式：最常聽到的句子就是《Quelle heure est-il?》或《Il est quelle heure?》，若想更為口語和輕鬆可以說《Vous

avez l'heure? 》或《Tu as l'heure?》。

> **原文** Quelle heure est-il?（現在幾點？）
> **活用** Excusez-moi Monsieur, vous avez l'heure?（先生抱歉，請問現在幾點？）

3. Rendez-vous（約會）不論是私人或正式的約會都能使用 rendez-vous表示。

> **原文** J'ai rendez-vous à la banque.（我和銀行有約。）
> **活用** Elle a rendez-vous avec Paul à huit heures.（她和保羅約八點見。）

會話補充

1. Il est minuit/midi.（現在是晚上十二點／中午。）

2. Il est dix heures et quart.（現在是十點十五分。）

3. Il est dix heures moins le quart.（現在是九點四十五分。）

4. Il est dix heure moins vingt.（現在是九點四十分。）

第4堂

會話課

6. 主題│詢問時間

場景 2 action!

乃文的父母親下週到法國看她。

04-12

Dialogue - - - - - - - - - - - - - - - - ➡

Naïwen : Nous sommes le combien?

Léa   : Le 3 mai. Quand arrivent tes parents?

Naïwen : Mes parents arrivent la semaine prochaine.

Léa   : Ils arrivent le matin?

Naïwen : Oui.

Léa   : Ils restent combien de temps en France?

Naïwen : Deux semaines.

乃文：今天是幾號？

黎亞：五月三號。你爸媽什麼時候到？

乃文：我爸媽下個星期到。

黎亞：他們早上到嗎？

乃文：是的。

黎亞：他們在法國待多久？

乃文：兩個星期。

會話關鍵字

句中原文	原形	詞性	中譯
combien	combien	副詞	多少
quand	quand	副詞	什麼時候
arrivent	arriver	第一組動詞	到達
tes	tes	複數所有格形容詞	你的
parents	parents	陽性複數名詞	父母親
la semaine	semaine	陰性單數名詞	星期、週
prochaine	prochaine	陰性單數形容詞	下一個
le matin	matin	陽性單數名詞	早上
restent	rester	第一組動詞	停留

關鍵文法

1. 日期的表達方式： le+日期+月份。

原文 Nous sommes le combien?（今天幾號？）Le 3 mai.（五月三號。）

活用 Nous allons en Chine le 2 avril.（我們四月二號去中國。）

▲日期的發音與阿拉伯數字相同，除了一號使用序數 premier（第一）表達。

例句 Je suis né le 1er juillet.（我是七月一號出生的。）

第**4**堂

會話課

例句 Le 1er janvier est un jour férié.（一月一號是國定假日。）

2. Combien de（多少的）+名詞，表示「多少」、「多久」，視情況而定。

原文 Ils restent combien de temps?（他們待多久？）

活用 Combien de pays as-tu visité?（你去過多少國家？）

3. en+陰性地名，表示位於某處「在…」或到達某處「到…」。

原文 Ils restent combien de temps en France?（他們在法國停留多久？）

活用 Elle habite en Provence.（她住在普羅旺斯。）

活用 Nous allons en Espagne cet été（我們夏天要去西班牙。）

會話補充

1. Quelle date sommes nous?（今天幾號？）

2. Quel jour sommes nous?（今天星期幾？）

3. Nous sommes le jeudi 14 juillet.（今天是七月十四號星期四。）

7. 主題 | 身體不適

場景 1 action!

昆汀看乃文身體不舒服主動關心她。

04-13
MP3

D i a l o g u e ------------------------▶

Quentin : Ça va Naïwen? Tu as mauvaise mine.

Naïwen : Je ne me sens pas très bien.

Quentin : Qu'est-ce que tu as?

Naïwen : J'ai mal à la tête.

Quentin : Tu veux prendre un médicament?

Naïwen : Oui.

Quentin : Ça va mieux?

第 **4** 堂

會話課

255

昆汀：你還好嗎乃文？你的氣色好差。
乃文：我不舒服。
昆汀：你哪裡不舒服？
乃文：我頭痛。
昆汀：你要吃藥嗎?
乃文：好。
昆汀：好多了嗎？

會話關鍵字

句中原文	原形	詞性	中譯
mauvaise	mauvaise	陰性單數形容詞	不好的
mine	mine	陰性單數名詞	氣色
se sens	se sentir	代動詞	覺得
mal	mal	副詞	不舒服
la tête	tête	陰性單數名詞	頭
prendre	prendre	第三組動詞	拿
un médicament	médicament	陽性單數名詞	藥品
mieux	mieux	副詞	更好

1. 動詞se sentir（感覺、覺得）類似英語的feel：

我覺得	Je me sens	我們覺得	Nous prenons
你覺得	Tu te sens	你們覺得	Vous prenez
他／她覺得	Il/Elle se sent	他／她們覺得	Ils/Elles prennent

2. 動詞prendre（拿）在此為吃藥的意思：

我拿	Je prends	我們拿	Nous nous sentons
你拿	Tu prends	你們拿	Vous vous sentez
他／她拿	Il/Elle prend	他／她們拿	Ils/Elles se sentent

關鍵文法

1. 身體及心理感受的表達方式：主詞+se sentir（覺得）+舒服、孤單、幸福等。

   原文 Je ne me sens pas bien.（我不舒服。）
   活用 Je me sens heureux.（我覺得很幸福。）
   活用 Marc se sent seul.（馬克感到很寂寞。）

2. 身體不適的表達方式：主詞+動詞avoir（有）+ mal（不適）+à+部位。

   原文 J'ai mal à la tête.（我頭痛。）
   活用 Elle a mal au ventre.（她肚子痛。）

會話補充

1. Tu as bonne mine.（你氣色很好。）

2. J'ai mal au dos.（我背痛。）

3. Elle a mal aux jambes.（她的腿在酸痛。）

4. Où as-tu mal?（你哪裡在痛？）

場景 2 action!

黎亞打電話關心得流感的乃文。

04-14

Dialogue - - - - - - - - - - - - - - - >

Léa	: Tu vas bien? Tu tousses!
Naïwen	: Non, je ne vais pas très bien. Je suis malade depuis 3 jours.
Léa	: Tu as attrapé la grippe?
Naïwen	: Oui. J'ai mal partout et je ne suis pas en forme.
Léa	: Tu veux voir un médecin?
Naïwen	: Oui...
Léa	: Je peux prendre un rendez-vous pour toi.

黎亞：你還好嗎？你在咳嗽！

乃文：不，我身體不舒服，我已經生病三天了。

黎亞：你得到流感了嗎？

乃文：對啊，我全身痛，全身無力。

黎亞：你想看醫生嗎？

乃文：好吧。

黎亞：我可以替你約看病的時間。

會話關鍵字

句中原文	原形	詞性	中譯
tousses	tousser	第一組動詞	咳嗽
depuis	depuis	副詞	自從
jours	jour	陽性單數名詞	日子
attrapé	attraper	第一組動詞	得到、感染
la grippe	grippe	陰性單數名詞	流感
partout	partout	副詞	到處
en forme	en forme	片語	精神好
voir	voir	第三組動詞	看
un médecin	médecin	陽性單數名詞	醫生
peux	pouvoir	第三組動詞	能夠、可以
prendre	prendre	第三組動詞	約
pour	pour	介系詞	替、為

第**4**堂

會話課

259

解 構 法 語

1. 動詞voir（看、見）類似英語的see：

我看	Je vois	我們看	Nous voyons
你看	Tu vois	你們看	Vous voyez
他／她看	Il/Elle voit	他／她們看	Ils/Elles voient

2. 動詞pouvoir（能夠、可以）類似英語的can：

我能	Je peux	我們能	Nous pouvons
你能	Tu peux	你們能	Vous pouvez
他／她能	Il/Elle peut	他／她們能	Ils/Elles peuvent

關 鍵 文 法

1. 《Je ne me sens pas très bien.》和《Je ne vais pas très bien.》的意思相同，都是表示身體不舒服。

2. depuis+時間，表示從何時開始「從…」。

   原文 Je suis malade depuis 3 jours.（我從三天前就生病了。）

   活用 On est ensemble depuis 1 an.（我們在一起一年了。）

3. 過去式：主詞+avoir（有）+複合過去式時態的動詞。

   原文 Tu as attrapé la grippe?（你得到流感了嗎？）

   活用 Il a pris un médicament?（他吃藥了嗎？）

4. pouvoir（能）+原型動詞，表示「能夠」或「可以」。

   原文 Je peux prendre un rendez-vous pour toi.（我可以替你約看病的時間。）

活用 Tu peux venir avec moi? （你可以跟我一起去嗎？）

5. pour（為）+受詞或人名，表示「為某人」或「替某人」。

原文 Je peux prendre un rendez-vous pour toi. （我可以替你約時間。）

活用 Tu peux téléphoner à Marc pour moi? （你可以幫我打電話給馬克嗎？）

會話補充

1. Je suis fatigué(e). （我很累。）

2. Je suis épuisé(e). （我累到不行了。）

3. Tu saignes. （你在流血。）

4. J'ai des nausées. （我想吐。）

法語口語短句補給站

★Comment allez-vous? 您好嗎？

★Quoi de neuf? 最近忙什麼？

★À bientôt. 待會見、再見。

★Comment vous appelez-vous? 您叫什麼名字？

★Merci beaucoup. 多謝。

8. 主題│搭乘地鐵

 場景 1 action!

乃文問黎亞如何搭地鐵去電影院。

 04-15 MP3

Dialogue

Naïwen : On prend quelle ligne pour aller au cinéma?

Léa : La ligne quatre et on change à Châtelet.

Naïwen : On s'arrête où?

Léa : À la station Opéra.

Naïwen : Le dernier métro est à quelle heure?

Léa : Je ne sais pas, minuit peut-être...

Naïwen : À quelle heure part-on?

Léa : Dans une heure.

會話情境

乃文：我們搭幾號線去電影院？

黎亞：四號線，然後在Châtelet換車。

乃文：我們在哪下車？

黎亞：在Opéra下車。

乃文：最後一班地鐵是幾點？

黎亞：我不知道，十二點吧。

乃文：我們幾點出發？

黎亞：一小時後。

會話關鍵字

句中原文	原形	詞性	中譯
ligne	ligne	陰性單數名詞	地鐵營運線
au cinéma	cinéma	陽性單數名詞	電影院
change	changer	第一組動詞	換乘
s'arrête	s'arrêter	代動詞	停止、下車
la station	station	陰性單數名詞	地鐵站
dernier	dernier	陽性單數形容詞	最後一班
métro	métro	陽性單數名詞	地鐵
minuit	minuit	陽性單數名詞	午夜
part	partir	第三組動詞	出發
peut-être	peut-être	副詞	或許
dans	dans	介系詞	在…之後

第 **4** 堂

會話課

關鍵文法

1. 搭乘地鐵的表達方式：主詞+prendre（搭乘）+地鐵線。

   原文 On prend quelle ligne pour aller au cinéma?（我們搭哪一線去電影院？）

   活用 Tu peux prendre la ligne douze pour aller au Moulin Rouge.（你可以搭十二號線到紅磨坊．）

2. 疑問形容詞quel, quelle：quel+陽性單數名詞；quelle+陰性單數名詞，表示「哪個」，類似英語的which。

   原文 On prend quelle ligne pour aller au cinéma?（我們搭幾號線去電影院？）

   活用 Tu veux visiter quel pays?（你想造訪哪個國家？）

   活用 Tu aimes quelle marque?（你喜歡哪個品牌？）

3. dans+時間，表示「在多久之後」。

   原文 On part dans une heure.（一小時後出發。）

   活用 J'arrive dans une demie heure.（我半小時後到。）

會話補充

1. Le métro est bondé.（地鐵很擠。）

2. La métro est en panne.（地鐵故障。）

3. La station du métro Cambronne est fermé.（Cambronne站目前關閉。）

4. L'heure de pointe.（尖峰時段。）

場景 **2** action!

乃文和馬克搭地鐵去
機場接乃文的父母。 04-16

MP3

Dialogue - - - - - - - - - - - - - - >

Naïwen	: Ah, mince! J'ai oublié mon Pass Navigo. Tu m'attends. Je vais acheter un ticket au guichet.
Marc	: Ok. Tu as de la monnaie?
Naïwen	: Oui...Bonjour, je voudrais un ticket pour Roissy, s'il vous plaît.
Employée du RATP	: Six euros trente.
Naïwen	: Merci.

第 **4** 堂

會話課

乃文 ：哎，我忘了帶我的地鐵儲值卡Pass Navigo，你等我一
下，我去窗口買票。

馬克 ：你有零錢嗎？

乃文 ：有。您好，我想要一張去戴高樂機場的票。

售票員：好的，六歐元三十生丁。

乃文 ：謝謝。

句中原文	原形	詞性	中譯
mince	mince	感嘆語	糟糕
oublié	oublier	第一組動詞	忘記
attends	attendre	第三組動詞	等待
acheter	acheter	第一組動詞	買
un ticket	ticket	陽性單數名詞	票
au guichet	guichet	陽性單數名詞	櫃台
la monnaie	monnaie	陰性單數名詞	零錢
euros	euro	陽性單數名詞	歐元

關鍵文法

1. 即將發生的未來式：主詞+aller（去）+原型動詞，類似英語的be
   going to。

   原文 Je vais acheter un ticket au guichet.（我去窗口買票。）
   活用 Elle va dîner avec Marc ce soir.（她今晚和馬克吃飯。）

2. 部份冠詞：du+陽性單數名詞；de la+陰性單數名詞；de l'+母音
   為字首的單數名詞，表示說話者不確定數量。（更詳細的介紹請
   參考文法篇冠詞章節）

原文 Tu as de la monnaie?（你有零錢嗎？）

活用 Tu veux du pain?（你要麵包嗎？）

活用 Je bois de l'eau.（我喝水。）

3. 禮貌的表達方式：Je voudrais+名詞或原型動詞，表示「我想
   要」，類似英語的I would like和I would like to。

原文 Je voudrais un ticket.（我想要一張票。）

活用 Je voudrais un jus d'orange.（我想要一杯柳橙汁。）

活用 Je voudrais savoir combien ça coûte.（我想要知道這值
多少錢。）

4. 歐元的讀法：數字+euro(s)，例如€5.30→5 euros 30→cinq
   euros trentante，發音時將5放在euros（歐元）的前面，後面的
   30生丁平鋪直述念出來即可，發音時要特別留意連音。

原文 Six euros trente.（六歐元三十生丁。）

活用 Ce pantalon coûte seulement neuf euros dix-neuf
centimes !（這條褲子只要十九歐元十九生丁！）

會話補充 |

1. Le contrôleur（驗票員）

2. Une borne（自動售票機）

3. Les zones（巴黎地鐵票價的分段區域，呈環狀。）

4. Un carnet de 10 tickets, s'il vous plaît.（我要買一本十張地鐵
   的套票，謝謝。）

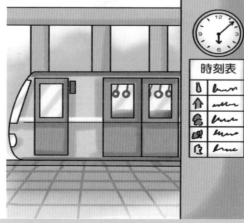

乃文和馬克搭地鐵去
機場接乃文的父母。 **04-17**

Dialogue - - - - - - - - - - - - - - - - - - - ▶

Léa : Bonjour, je voudrais deux billets aller-retour pour Lyon.

Employé du SNCF : Vous voulez partir à quelle date?

Léa : Le 22 avril.

Employé du SNCF : Et le retour?

Léa : Le 24 avril.

Employé du SNCF : C'est complet pour le 22 avril.

Léa : Et le jour d'après?

Employé du SNCF : le 23 avril à neuf heures.

Léa : D'accord.

黎亞　：您好，我要二張里昂的來回車票。

售票員：您想幾號出發？

黎亞　：四月二十二號。

售票員：回程呢？

黎亞　：四月二十四號。

售票員：四月二十二號已經客滿了。

黎亞　：那隔天呢？

售票員：四月二十三號早上九點還有位置。

黎亞　：好的。

會話關鍵字

句中原文	原形	詞性	中譯
billet	billet	陽性單數名詞	票
aller-retour	aller-retour	陽性單數名詞	來回
date	date	陰性單數名詞	日期
avril	avril	陽性單數名詞	四月
le retour	retour	陽性單數名詞	回程
complet	complet	陽性單數形容詞	客滿
après	après	介系詞	之後

解構法語

1. 動詞partir（出發，離開）類似英語的leave：

我出發	Je pars	我們出發	Nous partons
你出發	Tu pars	你們出發	Vous partez
他／她出發	Il/Elle part	他／她們出發	Ils/Elles partent

第 **4** 堂

會話課

關鍵文法

1. à作為引導時間的前置詞，例如à quelle date（幾號）à quelle heure（幾點），表示在幾號與在幾點。

原文 Vous voulez partir à quelle date?（您/你們要幾號出發？）

活用 C'est à quelle date?（那是幾號？）

▲à若加上今天、今晚或其它時間的詞彙，表示在什麼時候見。

例句 à ce soir!（今晚見！）

例句 à samedi!（星期六見！）

會話補充

1. Le jour d'avant（前一天）

2. Un billet aller simple（單程票）

3. Une Carte 12-25（十二到二十五歲火車優惠卡）

4. Voyager en train（搭火車旅行）

黎亞和昆汀要回里昂，但當天火車大罷工。 **04-18**

Ｄｉａｌｏｇｕｅ

Léa ： Quentin vite, on va rater le train!

Quentin : Oh! Notre train est annulé à cause de la grève. On va changer la date?

Léa ： Oui, mais je pense que les trains sont complets.

Quentin : On peut se faire rembourser.

Léa ： Et comment fait-on pour rentrer à Lyon?

第 **4** 堂

會話課

黎亞：昆汀快點，我們要搭不上火車了！

昆汀：哦！我們的火車因為罷工停開了，我們去換日期吧？

黎亞：好，但是我想火車都客滿了。

昆汀：我們可以退票。

黎亞：那我們要怎麼回里昂？

句中原文	原形	詞性	中譯
rater	rater	第一組動詞	錯過
le train	train	陽性單數名詞	火車
annulé	annulé	陽性單數形容詞	取消
à cause de	à cause de	片語	由於
la grève	grève	陰性單數名詞	罷工
penser	penser	第一組動詞	認為、想
se faire rembourser	se faire rembourser	代動詞	退錢
rentrer	rentrer	第一組動詞	回去

1. 動詞penser（想、以為）類似英語的think：

我想	Je pense	我們想	Nous pensons
你想	Tu penses	你們想	Vous pensez
他／她想	Il/Elle pense	他／她們想	Ils/Elles pensent

關鍵文法

1. Je pense que+直述句，表示「我想」或「我認為」。

原文 Je pense que les trains sont complets.（我想火車都客滿了。）

活用 Elle pense que tu es méchant.（他以為你很壞。）

2. 原因的表達方式：à cause de+名詞或受詞，表示「因為」或「由於」，通常帶有負面的意思，de在此引導出原因。

原文 Notre train est annulé à cause de la grève.（因為罷工，我們的火車被取消了。）

活用 À cause de toi, nous avons raté le bus.（你害我們沒搭上公車。）

活用 À cause de la neige, le train a du retard.（因為下雪，火車誤點了。）

3. 所有格形容詞：法語的所有格配合後續的名詞的陰陽性及單複數而變化，例如mon（我的）配合陽性單數名詞；ma（我的）配合陰性單數名詞；mes（我的）配合複數名詞。（詳細的介紹請參考文法篇形容詞章節）

原文 Notre train est annulé.（我們的火車被取消了。）

活用 J'ai perdu mes clés.（我把我的鑰匙弄丟了。）

4. Comment fait-on pour+原型動詞，表示「我們該如何達成」。

原文 Comment fait-on pour rentrer à Lyon?（我們該如何回里昂？）

活用 Comment fait-on pour maigrir facilement?（我們該如何輕鬆減肥？）

會話補充 |

1. Les horaires（時刻表）

2. Composter le billet（打票）

3. Le train va partir.（火車即將開走。）

4. Le train a du retard.（火車誤點了。）

第**4**堂

會話課

10. 主題 | 撥打電話

場景 1 action!

乃文打電話到黎亞實習的地方。

04-19

Dialogue - →

X : Studio Pin-up bonjour.

Naïwen : Bonjour, est-ce que je pourrais parler à Léa, s'il vous plaît?

X : Un instant. Elle n'est pas disponible. Vous voulez laisser un message?

Naïwen : Non. Je rappellerai plus tard, merci.

X : D'accord. Au revoir.

Naïwen : Au revoir.

> Ｘ： Pin-up工作室您好。
>
> 乃文：您好，我找黎亞，謝謝。
>
> Ｘ： 請稍等一下…她現在在忙，您要留言嗎？
>
> 乃文：不用了，我待會再打，謝謝。
>
> Ｘ： 好的，再見。
>
> 乃文：再見。

會 話 關 鍵 字

句中原文	原形	詞性	中譯
studio	studio	陽性單數名詞	小套房、工作室
parler	parler	第一組動詞	說話
un instant	un instant	片語	稍待一會
disponible	disponible	陰陽同體形容詞	有空的
laisser	laisser	第一組動詞	留言
un message	un message	陽性單數名詞	訊息
rappellerai	rappeler	第一組動詞	再打來
plus	plus	副詞	更
tard	tard	副詞	晚

關 鍵 文 法

1. 表示疑問的句型：Est-ce que+主詞+動詞。

   原文 Est-ce que je pourrais parler à Léa?（我可不可以和黎亞講話嗎？）

   活用 Est-ce que c'est difficile d'apprendre le français?（學法語難不難？）

2. 禮貌的表達方式：Est-ce que je pourrais+原型動詞，表示「我能夠？」，類似英語的may（I我可以…？）。

   活用 Je pourrais te demander quelque chose?（我能問你一些事嗎？）

第**4**堂

會話課

10. 主題｜撥打電話

場景 2 action!

昆汀打電話給馬克詢問
黛樂芬的手機號碼。 04-20

MP3

Dialogue

Quentin : Allô Marc, ça va.

Marc　　: Oui ça va.

Quentin : J'aimerai te demander quelque chose.

Marc　　: Vas-y, je t'écoute.

Quentin : Tu connais Delphine?

Marc　　: Oui.

Quentin : Tu peux me donner son numéro de portable?

Marc　　: Ah ! Je n'ai pas son numéro.

Quentin : Est-ce que tu as son MSN?

Marc　　: Oui, c'est delphine-mini07@hotmail.com

Quentin : Merci, Salut.

昆汀：喂，馬克，你好嗎？
馬克：我很好。
昆汀：我想要問你一件事。
馬克：說吧，我在聽。
昆汀：你認識黛爾芬吧？
馬克：認識。
昆汀：你可以給我她的手機號碼嗎？
馬克：啊，我沒有她的號碼。
昆汀：你有她的ＭＳＮ嗎？
馬克：有，是delphine-mini07@hotmail.com
昆汀：謝謝，拜！

會話關鍵字

句中原文	原形	詞性	中譯
aimerais	aimer	第一組動詞	愛
demander	demander	第一組動詞	詢問
vas-y	aller-y	慣用語	來吧、說吧、做吧
écoute	écouter	第一組動詞	聽
connais	connaître	第三組動詞	認識
donner	donner	第一組動詞	給
numéro	numéro	陽性單數名詞	號碼
portable	portable	陽性單數名詞	手機

第**4**堂

會話課

277

解構法語

1. 動詞connaître（認識）：

我認識	Je connais	我們認識	Nous connaissons
你認識	Tu connais	你們認識	Vous connaissez
他／她認識	Il/Elle connait	他／她們認識	Ils/Elles connaissent

關鍵文法

1. 意圖的表達方式：J'aimerai+原型動詞，表示「我想要」。

原文 J'aimerai te demander quelque chose.（我想要問你一些事。）

活用 J'aimerai vivre à l'étranger.（我想要去國外生活。）

會話補充

1. Décrocher le téléphone.（接電話）

2. Raccrocher le téléphone.（掛電話）

3. Quel est ton/votre numéro de portable?（你／您的手機號碼是多少？）

場景
1
action!

馬克和乃文一起用午餐。

04-21

MP3

Ｄｉａｌｏｇｕｅ - ▶

Marc : Tu veux manger italien?

Naïwen : Oui. On y va.

Serveur : Bonjour, vous êtes combien?

Marc : deux.

Serveur : Terrasse ou intérieur?

Marc : Terrasse, s'il vous plaît.

第
4
堂

會
話
課

279

馬克　：你想吃義大利菜嗎？

乃文　：好，走吧。

服務生：請問你們幾位？

馬克　：兩位。

服務生：室外還是室內。

馬克　：室外。

會話關鍵字

句中原文	原形	詞性	中譯
manger	manger	第一組動詞	吃
italien	italien	陽性單數形容詞	義大利式的
terrasse	terrasse	陰性單數名詞	露天座
intérieur	intérieur	陽性單數名詞	室內

關鍵文法

1. Tu veux manger italien?（你想要吃義大利菜嗎？）義大利菜在法國是普遍且平民化的食物，所以可以直接使用italien（義大利式的）表達義大利菜。

   原文 Tu veux manger italien?（你想吃義大利菜嗎？）

   活用 Je veux manger chinois.（我想吃中國菜。）

2. On y va.（走吧！）常用的表達方式，類似英語的Let's go。

   原文 Oui, on y va.（好，我們走吧！）

   活用 Tu es prête? On y va?（妳好了嗎？我們走吧?）

11. 主題｜餐廳用餐

場景 2 action!

馬克和乃文準備點餐。

04-22 MP3

Dialogue

Serveur : Vous avez choisi?

Marc　　: Oui. Je vais prendre le menu du jour avec l'entrée.

Serveur : Et pour vous, Mademoiselle?

Naïwen : Pour moi, une salade niçoise.

Serveur : Et comme boisson?

Marc　　: Je voudrais un verre de Bordeaux.

Naïwen : Un Perrier.

Serveur : Très bien. Merci.

服務生：你們選好了嗎？

馬克　：好了，我要今日特餐搭配前菜。

服務生：那麼小姐你呢？

乃文　：尼斯沙拉。

服務生：飲料呢？

馬克　：我要一杯波爾多。

乃文　：一瓶沛綠雅汽泡水。

服務生：好的，謝謝。

會話關鍵字

句中原文	原形	詞性	中譯
choisi	choisir	第二組動詞	選擇
prendre	prendre	第三組動詞	點菜
le menu	menu	陽性單數名詞	菜單
du jour	du jour	片語	本日、今日
l'entrée	entrée	陰性單數名詞	前菜
Mademoiselle	mademoiselle	陰性單數名詞	小姐
une salade	salade	陰性單數名詞	沙拉
niçoise	niçoise	陰性單數形容詞	尼斯風味的
comme	comme	連接詞	像、例如
boisson	boisson	陰性單數名詞	飲料
un verre de	verre	陽性單數名詞	一杯

關鍵文法

1. Vous avez choisi?（你們／您選好了嗎？）是一句服務生或店員的常用語。

2. 點菜的表達方式：主詞+prendre（拿、點）+食物。

原文 Je vais prendre le menu du jour.（我要今日特餐。）
活用 Qu'est-ce que tu prends?（你要吃什麼？）

▲也可以使用voudrais表達：Je voudrais+食物。

原文 Je voudrais un verre de Bordeaux.（我想要一杯波爾多。）

活用 Je voudrais un Croque-monsieur.（我想要一份法國吐司。）

3. Comme（像）+名詞，表示「像是、例如」，詢問對方的意見。

原文 Et comme boisson?（飲料呢？）

活用 Qu'est-ce que tu cherches comme livre?（你找什麼樣的書？）

會話補充

1. Je voudrais commander.（我想要點餐。）

2. L'addition s'il vous plaît.（買單。）

3. C'est délicieux.（很好吃。）

4. Je n'ai plus faim.（我飽了。）

12.

主題｜喝咖啡

場景 1 action!

乃文和黎亞走了大半天的路，決定找了一間咖啡廳休息。

04-23 MP3

Dialogue

Léa ： Tu veux aller boire quelque chose?

Naïwen ： Oh! Oui. Je ne peux plus marcher.

Serveur ： Bonjour, que désirez-vous?

Léa ： Une pression s'il vous plaît.

Naïwen ： Un grand crème.

會話情境

黎亞：你想去喝杯咖啡嗎？

乃文：好．哦！我不能再走了。

服務生：您好，你們想喝什麼？

黎亞：一杯啤酒謝謝。

乃文：一杯大杯拿鐵。

會話關鍵字

句中原文	原形	詞性	中譯
boire	boire	第三組動詞	喝
marcher	marcher	第一組動詞	行走
désirez	désirer	第一組動詞	希望、想要
une pression	pression	陰性單數名詞	桶裝啤酒
grand	grand	陽性單數形容詞	大的
crème	crème	陰性單數名詞	奶油

關鍵文法

1. 主詞+vouloir（要）+aller（去）+原型動詞，表示「想要」。

   原文 Tu veux aller boire un café?（你想去喝杯咖啡嗎？）
   活用 Elle veut aller manger mexicain.（她想去吃墨西哥菜。）

2. 主詞+ne+pouvoir（能夠）+plus+原型動詞，表示「不能再」。

   原文 Je ne peux plus marcher.（我不能再走下去了。）
   活用 Je ne peux plus supporter.（我再也受不了。）

   ▲主詞+ne+動詞+plus，表示「不再」、「再也不」。
   例句 Je ne viens plus dans ce restaurant.（我再也不來這家餐廳了。）
   例句 Tu ne m'aimes plus?（你不再愛我了嗎？）

會話補充

1. Un petit crème（小杯拿鐵）

2. Un demi citron（檸檬口味的啤酒）

3. Un jus de tomate（未添酒精的血腥瑪麗）

主題｜喝咖啡

場景 2 action!

馬克和乃文一起喝杯咖啡和吃點東西。

04-24 MP3

Ｄｉａｌｏｇｕｅ

Serveuse : Bonjour, qu'est-ce que je vous sers?

Marc : Un grand crème, s'il vous plaît.

Naïwen : Un chocolat chaud.

Marc : Est-ce que vous avez des crêpes?

Serveuse : Oui, je vous donne la carte.

Marc : Je voudrais une crêpe au chocolat.

Naïwen : Pour moi, une crêpe à la fraise.

Serveuse : D'accord.

會話情境

服務生：您好，我能為你們送些什麼？

馬克　：一杯大杯拿鐵。

乃文　：一杯熱巧克力。

馬克　：你們有可麗餅嗎？

服務生：有，我給你們甜點單？

馬克　：我想要巧克力可麗餅。

乃文　：我呢，我要草莓可麗餅。

服務生：好的。

會話關鍵字

句中原文	原形	詞性	中譯
sers	servir	第二組動詞	服務
un chocolat	chocolat	陽性單數名詞	巧克力
chaud	chaud	陽性單數形容詞	熱的
des crèpes	crèpe	陰性單數名詞	可麗餅
la carte	carte	陰性單數名詞	菜單
la fraise	fraise	陰性單數名詞	草莓

關鍵文法

1. 口味及成份的表達方式：食物或物品+à+口味。

　原文 Je voudrais une crêpe au chocolat.（我想要巧克力口味的可麗餅。）

　活用 Une glace à la menthe et aux pépites de chocolat（薄荷巧克力碎片冰淇淋）

會話補充

1. Une crêpe chantilly（鮮奶油可麗餅）

2. Une crêpe aux framboises（覆盆子可麗餅）

3. Une gaufre（鬆餅）

第**4**堂

會話課

13. 主題│看電影

場景 1 action!

昆汀在空閒時間約馬克出來看電影。

04-25

Dialogue

Quentin : Marc, tu veux aller au cinéma?

Marc : Tu penses à quel film?

Quentin : On parle beaucoup du Discours d'un roi.

Marc : C'est quel genre de film?

Quentin : Historique.

Marc : Ok. On se rejoint où?

Quentin : Rendez-vous devant le centre Pompidou dans une demie heure?

Marc : Ok, ça roule ! À tout à l'heure.

會話情境

昆汀：馬克，你想去看電影嗎?
馬克：你想看哪一部？
昆汀：『王者之聲』最近很紅。
馬克：這是什麼類型的電影？
昆汀：歷史劇。
馬克：好，我們哪裡碰面？
昆汀：半小時後龐畢度中心前見。
馬克：好，那就這樣，待會見。

會話關鍵字

句中原文	原形	詞性	中譯
film	film	陽性單數名詞	電影
genre	genre	陽性單數名詞	種類
se rejoint	se rejoindre	代動詞	碰面
devant	devant	介系詞	在…之前
le centre	centre	陽性單數名詞	中心
demie	demie	陰性單數形容詞	一半的
roule	rouler	第一組動詞	滾動

關鍵文法

1. 主詞+penser（想）+à+人事物或原型動詞，表示「想著某人、某事」。

原文 Tu penses à quel film?（你想看哪一部電影？）
活用 Je pense à toi.（我想你。）
活用 Il pense à la chirurgie esthétique.（他想做美容手術。）

2. 主詞+parler（說、談論）+de+人事物，表示「討論某人、某事」。

原文 On parle beaucoup du Discours d'un roi.（大家都談論著王者之聲。）

第**4**堂
會話課

289

活用 Marc parle souvent de toi. （馬克常提到你。）

活用 De quoi vous parlez? （你們在説什麼？）

3. quel genre de＋人事物，表示「哪種」、「哪個類型」。

原文 C'est quel genre de film? （這是一部什麼類型的電影？）

活用 Quel genre de personne es-tu? （你是一個怎樣的人？）

活用 Tu aimes quel genre de musique? （你喜歡哪種類型的音樂？）

會話補充

1. Un film d'horreur （恐怖片）

2. Un film d'amour （愛情片）

3. Un film dramatique （悲劇）

4. Un film de science fiction （科幻片）

 法語口語短句補給站

★Comment allez-vous? 您好嗎？

★Quoi de neuf? 最近忙什麼？

★À bientôt. 待會見、再見。

★Comment vous appelez-vous? 您叫什麼名字？

★Merci beaucoup. 多謝。

action!

場景
2

黎亞臨時想要約乃文
看電影。

04-26
MP3

Dialogue - - - - - - - - - - - - - - - ➤

Léa   : Ça te dit d'aller voir un film?

Naïwen : Oui, pourquoi pas. Quel film?

Léa   : Black Swan?

Naïwen : Oui. J'ai envie de voir ce film aussi.

Léa   : Le film commence à sept heures.

Naïwen : On mange quelque chose avant?

Léa   : D'accord!

Naïwen : Combien de temps dure le film?

Léa   : Environ deux heures.

第
4
堂

會
話
課

黎亞：你想不想去看電影？

乃文：好哇，你要看哪一部？

黎亞：『黑天鵝』？

乃文：好，我也想看這部片。

黎亞：太棒了，電影七點開始。

乃文：看電影前，我們先吃點東西？

黎亞：好啊！

乃文：片子多長？

黎亞：大約二個鐘頭。

會話關鍵字

句中原文	原形	詞性	中譯
dit	dire	第三組動詞	說
envie	envie	陽性單數名詞	渴望
commence	commencer	第一組動詞	開始
avant	avant	介系詞	在…之前
dure	durer	第一組動詞	持續
environ	environ	介系詞	大約在

關鍵文法

1. Ça te/vous dit de+原型動詞，表示「你／你們想」，有邀約、臨時起意的意味。

   原文 Ça te dit d'aller voir un film?（你想看電影嗎？）

   活用 Ça vous dit de prendre un bain dans les sources d'eau chaude?（你們想去泡溫泉嗎？）

2. 主詞+avoir（有）+envie（渴望）+de+人事物或原型動詞，表示「渴望」或「想要」。

   原文 J'ai envie de voir ce film aussi.（我也想看這部電影。）

活用 J'ai envie de chocolat.（我好想吃巧克力。）

活用 J'ai envie de partir à l'étranger.（我好希望能出國。）

3. 時間先後順序的表達方式：avant（之前）與après（之後）+事物。

原文 On mange quelque chose avant?（我們先吃點東西。）

活用 On part avant ou après le déjeuner?（我們午餐前出發還是午餐後出發？）

會話補充

1. Une film musical（歌舞片）

2. Un film d'animation（動畫片）

3. Un film d'action（動作片）

4. Un film en 3D（3D立體電影）

法語口語短句補給站

★Comment allez-vous? 您好嗎？

★Quoi de neuf? 最近忙什麼？

★À bientôt. 待會見、再見。

★Comment vous appelez-vous? 您叫什麼名字？

★Merci beaucoup. 多謝。

第**4**堂

會話課

14.

主題｜
逛街購物

場景 1

乃文想買一雙高跟鞋。

04-27

D i a l o g u e

Vendeuse : Bonjour, je peux vous aider?

Naïwen : Bonjour, je cherche des chaussures à hauts-talons.

Vendeuse : Quelle est votre pointure?

Naïwen : 23.

Vendeuse : Vous avez une couleur?

Naïwen : Quelque chose dans le foncé.

Vendeuse : Nous avons ce modèle qui est très élégant et tre's confortable.

Naïwen : Combien coûtent- elles?

Venduse : Elles coûtent cent euros mais quatre-vingt euros en solde.

Naïwen : C'est hors de mon budget.

80 euros

會話情境

店員：您好，我能幫您嗎？

乃文：您好，我在找一雙高跟鞋。

店員：您的鞋是幾號？

乃文：二十三。

店員：您有偏愛的顏色嗎？

乃文：深色系列的。

店員：這一系列的鞋很高貴而且很舒適。

乃文：這一雙多少錢？

店員：一百歐元，特賣價八十歐元。

乃文：這超出我的預算了。

會話關鍵字

句中原文	原形	詞性	中譯
vendeuse	vendeuse	陰性單數名詞	女店員
aider	aider	第一組動詞	協助
cherche	chercher	第一組動詞	尋找
des chaussures	chaussures	陰性複數名詞	鞋子
à hauts-talons	haut-talon	陽性單數名詞	高跟
pointure	pointure	陰性單數名詞	尺寸、號
une couleur	couleur	陰性單數名詞	顏色
le foncé	foncé	陽性單數名詞	深色
modèle	modèle	陽性單數名詞	樣式
élégant	élégant	陽性單數形容詞	高貴的
confortable	confortable	陰陽同體形容詞	舒適的
coûtent	coûter	第一組動詞	值
en solde	en solde	片語	全國大減價
hors de	hors de	片語	在…之外
budget	budget	陽性單數名詞	預算

第**4**堂

會話課

關鍵文法

1. Quelque chose（某些東西）是法國人說話時常用詞彙。

   原文 Quelque chose dans le foncé.（深色系列的鞋子。）
   活用 Je cherche quelque chose pour l'anniversaire de Marc.（我在找給馬克的生日禮物。）
   活用 Tu veux quelque chose?（你要什麼東西嗎？）

2. C'est hors de...（這超出⋯）也是法國人說話時常用句型。

   原文 C'est hors de mon budget.（這超出我的預算。）
   活用 C'est hors de question.（免談。）

3. Combien coûtent-elles?（這一雙多少錢？）名詞的陰陽性及單複數決定代名詞，句中elles是高跟鞋的代名詞，如果今天乃文買的是一條項鍊collier（單數陽性名詞），那麼必須使用il做為項鍊的代名詞Combien coûte-il?（這條項鍊多少錢？）。

會話補充

1. Les soldes（法國大減價）
2. La nouveauté（新品）
3. Le motif（花樣、樣式）
4. La coupe（剪裁）

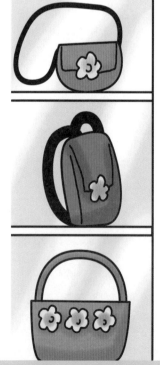

場景 2 action!

黎亞和乃文一起逛街
挑選衣服和外套。

04-28

Dialogue ----------------▶

Naïwen : Regarde Léa, comment tu trouves cette jupe?

Léa : Oui, elle te va très bien. Elle est très jolie.

Naïwen : Elle me plaît beaucoup. Je l'achète.

Léa : Et ce manteau, qu'est-ce que tu en penses?

Naïwen : Non, je n'aime pas la couleur.

Léa : Parce que Quentin cherche un manteau pour l'hiver et je ne sais pas ce qu'il veut. Et en plus, il déteste faire du shopping, surtout avec moi.

第 4 堂

會話課

乃文：你看，黎亞，你覺得這件裙子如何？
黎亞：你穿起來很好看．這件裙子很好看？
乃文：我很喜歡，我買了。
黎亞：那這件大衣外套呢，你覺得如何？
乃文：我不喜歡那個顏色。
黎亞：因為昆汀在找冬天的大衣，我不知道他要什麼，而且他很討厭逛街，尤其和我。

會話關鍵字

句中原文	原形	詞性	中譯
regarde	regarder	第一組動詞	看
trouves	trouver	第一組動詞	覺得
cette jupe	jupe	陰性單數名詞	裙子
jolie	jolie	陰性單數形容詞	漂亮的
plaît	plaire	第三組動詞	使某人喜歡
ce manteau	manteau	陽性單數名詞	大衣
penses	penser	第一組動詞	想、認為
l'hiver	hiver	陽性單數名詞	冬天
en plus	en plus	片語	而且
déteste	détester	第一組動詞	討厭
surtout	surtout	副詞	尤其是

關鍵文法

1. 命令式：使用第二人稱單數或複數的動詞變化，表達請求或命令。

   原文 Regarde Léa.（黎亞你看。）
   活用 Tais-toi（你閉嘴。）

2. Comment（如何）+主詞+trouver（覺得）+人事物，表示「覺得」。

原文 Comment tu trouves cette jupe?（你覺得這條裙子如何？）

活用 Comment tu trouves cette personne?（你覺得這個人如何？）

活用 Tu trouves comment ce restaurant?（你覺得這家餐廳如何？）

3. 衣物或飾品為主詞+間接受詞的代名詞+aller（走）+bien（好），表示「適合」。（間接受詞的代名詞請參考文法篇代名詞章節）

原文 Elle te va très bien.（這條裙子很適合你。）

活用 Ce collier lui va bien.（這條項鍊很適合她。）

活用 Est-ce que ces chaussures me vont bien?（這雙鞋子適合我嗎？）

4. Elle est très jolie.（這條裙子很漂亮。），elle在此為陰性單數名詞jupe（裙子）的代名詞，形容詞必須變成陰性以配合句中的elle。

活用 Il est trop grand, ce pantalon.（這條褲子太大件了。）

活用 Elles sont trop grandes, ces chaussures.（這雙鞋太大了。）

5. Je l'achète.（我買這條裙子了。），la (l')為陰性單數名詞jupe（裙子）的代名詞，也是動詞achète的直接受詞。（直接受詞的代名詞請參考文法篇代名詞章節）

活用 Ce blouson, je le prends.（這件外套，我拿了。）

活用 Ces chaussures, je les achète.（這雙鞋子，我買了。）

6. Qu'est-ce que tu en penses?（你覺得呢？）是一句非常實用及常見的句子，詢問對方的意見與看法，若遇到陌生人或長輩或對方是一人以上，那麼請用vous（您、你們）做為主詞。

活用 Et toi? Tu en penses quoi?（你呢？你覺得如何呢？）

活用 À propos du mariage gay, qu'est-ce que vous en pensez?（關於同志婚姻，您看法如何？）

第**4**堂

會話課

7. Parce que（因為）表達原因。

原文 Parce que Quentin cherche un manteau...（因為昆汀在找大衣外套…）

活用 Parce qu'il fait trop chaud, on va rester à la maison.（因為天氣太熱了，我們決定待在家。）

8. 主詞+détester（討厭）+原型動詞，表示「討厭」。

原文 Il déteste faire du shoppipng.（他很討厭逛街。）

活用 Paul déteste aller au travail.（保羅討厭上班。）

會話補充

1. C'est très à la mode.（這很潮。）

2. Je peux essayer ce vêtement?（我能試這件衣服嗎？）

3. Ça serre!（好緊！）

4. C'est large.（太大件了。）

5. Où sont les cabines d'essayage?（試衣間在哪？）

場景 1 action!

乃文向黎亞問起馬克
前女友席薇的事。

04-29

Dialogue

Naïwen ： Tu veux un café?

Léa ： Oui, je veux bien.

Naïwen ： Tu as des nouvelles de Sylvie?

Léa ： Elle a beaucoup grossi après sa séparation avec Marc. Elle est triste.

Naïwen ： Pauvre Sylvie. J'espère qu'elle ira mieux.

Et toi, avec Quentin, ça se passe bien?

Léa ： Oui, pas de problème. Mais parfois je me sens seul et Quentin est souvent occupé avec ses études.

第 4 堂

會 話 課

乃文：你要咖啡嗎？

黎亞：好，我要。

乃文：你有席薇的消息嗎？

黎亞：自從她和馬克分手後胖了很多，她很傷心。

乃文：可憐的席薇，希望她會好起來，你呢，和昆汀？都好嗎？

黎亞：都好，但是有些時候我覺得很寂寞，昆汀也時常因為學業很忙碌。

會話關鍵字

句中原文	原形	詞性	中譯
des nouvelles	nouvelle	陰性單數名詞	消息
grossi	grossir	第二組動詞	增胖
après	après	介系詞	在…之後
sa séparation	séparation	陰性單數名詞	分手
triste	triste	陰陽同體形容詞	難過的
pauvre	pauvre	陰陽同體形容詞	可憐的
espère	espérer	第一組動詞	希望
mieux	mieux	副詞	更好
se passe	se passer	代動詞	發生
parfois	parfois	副詞	有時候
seul	seul	陽性單數形容詞	孤單的
occupé	occupé	陽性單數形容詞	忙碌
ses études	étude	陰性單數名詞	學業

解構法語

1. 動詞espérer（希望、祝福）：

我希望	J'espère	我們希望	Nous espérons
你希望	Tu espères	你們／您希望	Vous espérez
他／她希望	Il/Elle espère	他／她們希望	Ils/Elles espèrent

關鍵文法

1. 希望的表達方式：主詞+ espèrer（祝福）+que。

   原文 J'espère qu'elle ira mieux.（我祝她早日好起來。）
   活用 J'espère qu'il ne pleut pas.（我希望不會下雨。）

2. Ça se passe bien?（還好嗎？）是法國人常用的口語表達，詢問對方某件事的情況。

   原文 Avec Quentin, ça se passe bien?（你和昆汀感情還好嗎？）
   活用 Ça se passe bien avec ton nouveau travail?（新工作還習慣嗎？）

會話補充

1. Elle est malheureuse.（她很不幸福。）

2. Je suis en colère.（我很生氣。）

3. Je ne sais pas quoi faire.（我不知道該怎麼辦。）

 ## 法語口語短句補給站

★ Comment allez-vous? 您好嗎？

★ Quoi de neuf? 最近忙什麼？

★ À bientôt. 待會見、再見。

★ Comment vous appelez-vous? 您叫什麼名字？

★ Merci beaucoup. 多謝。

15. 主題│閒話家常

場景
2

黎亞的媽媽和爸爸吵架，決定要搬來和她住。

04-30
MP3

D i a l o g u e - - - - - - - - - - - - - - >

Léa : Oh ! Ce n'est pas vrai ! Ma mère vient demain.

Quentin : Ah bon? Elle reste le week-end aussi?

Léa : Oui, tout le week-end. Je dois ranger l'appartement.

Quentin : Pourquoi vient-elle?

Léa : Elle s'est disputée avec mon père.

Quentin : À propos de quoi?

Léa : À propos de l'argent. Tu m'aides à ranger?

Quentin : Non. Je sors avec Marc et on va à une exposition.

黎亞：吼！真是的，我媽明天要來。
昆汀：是嗎？她這個週末要待在你這嗎？
黎亞：是的，整個週末‧我得整理公寓了。
昆汀：你媽為什麼要來？
黎亞：她和我爸吵架了。
昆汀：為了什麼事？
黎亞：為了錢的事。你幫我整理公寓？
昆汀：不行，我和馬克有約我們要去看一個展。

會話關鍵字

句中原文	原形	詞性	中譯
vrai	vrai	陽性單數形容詞	真的
tout	tout	陽性單數形容詞	全部
dois	devoir	第三組動詞	必須
ranger	ranger	第一組動詞	整理
l'appartement	appartement	陽性單數名詞	公寓
s'est disputée	se disputer	代名詞	吵架
à propos de	à propos de	片語	關於
l'argent	argent	陽性單數名詞	金錢
sors	sortir	第二組動詞	出門
une exposition	exposition	陰性單數名詞	展覽

解構法語

1. 動詞devoir（必須、得）類似英語的have to：

我必須	Je dois	我們必須	Nous devons
你必須	Tu dois	你們／您必須	Vous devez
他／她必須	Il/Elle doit	他／她們必須	Ils/Elles doivent

第4堂 會話課

2. 動詞sortir（出門、出去、交往）：

我出門	Je sors	我們出門	Nous sortons
你出門	Tu sors	你們／您出門	Vous sortez
他／她出門	Il/Elle sort	他／她們出門	Ils/Elles sortent

關鍵文法

1. Ce n'est pas vrai!（真是的！）是一句口語化的常用句型，原意為這不是真的，但可以表達驚訝或無奈的情緒，適用於熟人之間。

   原文 Oh！Ce n'est pas vrai. Ma mère vient demain.（吼！真是的，我媽明天要來。）

   活用 Ce n'est pas vrai. Il est encore en vacances.（真是的，他還在放假。）

2. 表達全部、每一個的方式：tout+定冠詞+名詞，表示「全體」或「每一份子」，注意tout須與後面的名詞的陰陽性與單複數配合。（詳細介紹請參考文法篇形容詞章節）

   原文 Tout le week-end.（整個週末。）

   活用 Je reste chez moi toute la journée（我一整天都待在家。）

3. 主詞+devoir（必須）+原型動詞，表示「必須」。

   原文 Je dois ranger l'appartement.（我得整理公寓。）

   活用 Je dois y aller.（我必須走了。）

4. 代動詞的過去式：主詞+s'être+動詞，直接動詞要與主詞做配合。（詳細解說請參閱文法篇動詞章節）

   原文 Elle s'est disputée avec mon père.（她和我爸吵架了。）

   活用 Léa s'est levée trop tard.（黎亞太晚起床了。）

16. 主題｜觀光旅行

場景
1

action!

馬克充當乃文的巴黎
導遊。

04-31

MP3

D i a l o g u e - ➤

Naïwen : Qu'est-ce qu'on visite aujourd'hui?

Marc : D'abord le **Louvre** et ensuite le musée d'Orsay.

Naïwen : Ça va prendre beaucoup de temps?

Marc : Oui, une journée.

Naïwen : Est-ce qu'on va à la Tour Eiffel?

Marc : Oui. On peut prendre des photos et monter à la tour.

第
4
堂

會
話
課

乃文：今天我們要做什麼？

馬克：先去羅浮宮再去奧賽美術館。

乃文：會花很多時間嗎？

馬克：嗯，一天。

乃文：我們會去艾非爾鐵塔嗎？

馬克：會啊，我們可以拍些照，登上鐵塔。

會話關鍵字

句中原文	原形	詞性	中譯
visite	visiter	第一組動詞	參觀
d'abord	d'abord	副詞	首先
ensuite	ensuite	副詞	接下來
le musée	musée	陽性單數名詞	博物館、美術館
une journée	journée	陰性單數名詞	一整天
monter	monter	第一組動詞	登上

關鍵文法

1. D'abord...et ensuite（首先…然後）表示時間或行為上的先後順序。

   原文 D'abord le Louvre et ensuite le musée d'Orsay.（首先去羅浮宮再去奧賽美術館。）

   活用 Nous allons d'abord en France et ensuite en Italie.（我們要先到法國然後再去義大利。）

2. Prendre（拿）+du temps，表示花時間。

   原文 Ça va prendre beaucoup de temps?（會花很多時間嗎？）

   活用 Je prends du temps pour sortir du lit le matin.（我早上會懶床。）

乃文一個人去博物館
走走看看。

04-32

D i a l o g u e - - - - - - - - - - - - - - - - - - →

Naïwen　: Bonjour, un ticket s'il vous plaît. À quelle heure vous fermez?

Employé : On ferme à dix-sept heures.

Naïwen　: Est-ce que je peux revenir?

Employé : Oui, le ticket est valable pendant le jour de l'achat.

Naïwen　: Est-ce qu'il y a des tours avec un guide?

Employé : Oui, le prochain dans vingt minutes.

Naïwen　: C'est payant?

Employé :　Non.

Naïwen　: Mais je n'aurais pas assez de temps.

Employé : Vous pouvez prendre un audio-guide.

第 **4** 堂

會話課

309

乃文	：您好，一張票謝謝，你們幾點關門？
博物館人員	：我們五點關門。
乃文	：我能夠回來嗎？
博物館人員	：可以，這張門票於購買日當天有效。
乃文	：有專人導覽嗎？
博物館人員	：有，下一趟在二十分鐘開始。
乃文	：導覽要付費嗎？
博物館人員	：不用。
乃文	：但是我時間不夠。
博物館人員	：您可以使用語音導覽。

會話關鍵字

句中原文	原形	詞性	中譯
fermez	fermer	第一組動詞	關門
revenir	revenir	第三組動詞	回來
valable	valable	陰陽同體形容詞	有效
pendant	pendant	介系詞	在…期間
l'achat	achat	陽性單數名詞	購買
des tours	tour	陽性單數名詞	一趟
un guide	guide	陽性單數名詞	導遊、解說員
le prochain	prochain	陽性單數名詞	下一個
payant	payant	陽性單數形容詞	付費的
assez	assez	副詞	足夠

關鍵文法

1. Je n'aurais pas assez de temps. （我可能沒有足夠的時間。）
   句中的aurais是動詞avoir（有）的條件式，表示可能的意思。

17. 主題｜閒逛市集

場景 1 action!

黎亞和昆汀逛週日早市
買中午要吃的食物。　　04-33

MP3

Dialogue - >

Quentin : Bonjour, je voudrais une baguette et un chausson aux pommes, s'il vous plaît.

Marchand : Avec ceci?

Quentin : Ce sera tout.

Marchand : Ça vous fait six euros, s'il vous plaît.

Quentin : Tu veux de la paëlla?

Léa : Oui. J'ai faim.

Quentin : Bonjour Monsieur, je voudrais une barquette de paëlla pour deux personnes.

Marchand : D'accord. Vous désirez autre chose?

Quentin : Non, merci. Ce sera tout. C'est combien?

Marchand : Quinze euros s'il vous plaît.

第 4 堂

會 話 課

昆汀：您好，我想要一個法國麵包和蘋果派謝謝。

小販：還要其它的嗎？

昆汀：不了，就這樣。

小販：一共是六歐元。

昆汀：你要吃西班牙海鮮燉飯嗎？

黎亞：好哇，我餓了。

昆汀：您好，我想要兩人份的燉飯。

小販：好的，您還想要其它的嗎？

昆汀：不用了謝謝，這樣就好了，一共多少錢？

小販：十五歐元。

會話關鍵字

句中原文	原形	詞性	中譯
une baguette	baguette	陰性單數名詞	法國麵包
ceci	ceci	陽性單數代名詞	這個
paëlla	paëlla	陰性單數名詞	西班牙海鮮燉飯
faim	faim	陰性單數名詞	餓
une barquette	barquette	陰性單數名詞	一盒
personnes	personne	陰性單數名詞	人
autre	autre	陰陽同體形容詞	其他的

關鍵文法

1. 主詞+vouloir（要）+部份冠詞du/de la+東西，表示「想要」。

 原文 Tu veux de la paëlla?（你要吃西班牙燉飯嗎？）
 活用 Je veux du pain et de l'eau.（我要麵包和一些水。）

2. Avec ceci?（還須要其它的嗎？）Ce sera tout.（這樣就好了。）C'est combien?（一共多少錢？）是買麵包、逛市集時非常實用與常聽到的句子。

法語口語短句補給站

★Comment allez-vous? 您好嗎？

★Quoi de neuf? 最近忙什麼？

★À bientôt. 待會見、再見。

★Comment vous appelez-vous? 您叫什麼名字？

★Merci beaucoup. 多謝。

★Il n'y a pas de quoi. 不客氣。

★Je vous en prie. 別客氣。

★Excusez-moi. 對不起。／不好意思。

17. 主題｜閒逛市集

場景 2 action!

乃文自己一個人逛市集買水果。

04-34 MP3

Dialogue - - - - - - - - - - - →

Naïwen : Elles sont belles ces pêches!

Marchand : Oui, et en plus elle sont juteuses.

Naïwen : Je peux goûter?

Marchand : Oui.

Naïwen : Hum! C'est bon. C'est combien le plateau?

Marchand : Cinq euros.

Naïwen : Je vais prendre un plateau s'il vous plaît. Et ces abricots, c'est combien?

Marchand : Cinq euros le kilo.

Naïwen : Je vais prendre un kilo d'abricot aussi.

Marchand : Ça vous fait dix euros.

會話情境

乃文：這些桃子看起來好漂亮！

小販：是的，而且很多汁。

乃文：我可以嚐嚐嗎？

小販：可以。

乃文：嗯，好吃。一盤桃子要多少錢？

小販：一盤五歐元。

乃文：好，我要買一盤，那這些杏李呢，多少錢？

小販：一公斤五歐元。

乃文：我也要一公斤的杏李。

小販：一共是十歐元。

會話關鍵字

句中原文	原形	詞性	中譯
ces	ces	複數指示形容詞	這些
pêches	pêche	陰性單數名詞	桃子
juteuses	juteuse	陰性單數形容詞	多汁
marchand	marchand	陽性單數名詞	小販
goûter	goûter	第一組動詞	品嚐
le plateau	plateau	陽性單數名詞	托盤
abricots	abricot	陽性單數名詞	杏李

第**4**堂

會話課

關鍵文法

1. Elles sont belles ces pêches!（這些桃子好漂亮。）句中 pêches是陰性複數名詞，所以使用陰性複數elles（她們）做為 pêches的代名詞，形容詞必須使用陰性複數belles（漂亮）。

   例句 Ils sont bons, ces abricots.（這些杏李好好吃。）
   例句 Elles sont bonnes, ces fraises.（這些草莓好好吃。）

2. 詢價的表達方式：C'est combien+le/la+單位。

   原文 C'est combien le plateau?（一盤多少錢？）
   活用 Excusez-moi, c'est combien la bouteille?（請問這一瓶 多少錢？）

3. Ça te/vous fait ... euros.（這樣要…歐元。）也可以說Ça fait ... euros.（一共是…歐元。）。

   例句 Ça te fait combien d'euro?（一共花了你多少歐元？）
   例句 Ça fait quarante euros après la remise.（打折後算四十 歐元。）

會話補充

1. Aller au marché.（上市場。）

2. Le fromage（乳酪）

3. Les fruits（水果）

4. Les légumes（蔬菜）

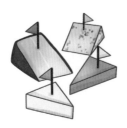

黎亞問乃文空閒時都
做些什麼活動。

04-35

Dialogue - - - - - - - - - - - - - - - - - - →

Léa : Qu'est-ce que tu aimes faire pendant ton temps libre?

Naïwen : J'aime lire des romans. Et toi?

Léa : J'aime bien faire du shopping. Est-ce que tu fais du sport?

Naïwen : Oui, je fais du tennis de temps en temps.

Léa : Moi aussi. On peut faire un match ensemble la prochaine fois.

Naïwen : Oui, volontiers.

第
4
堂

會
話
課

黎亞：你空閒時間喜歡做什麼？
乃文：我很喜歡看小說，你呢？
黎亞：我喜歡逛街，你有在做運動嗎？
乃文：有，我有時會打網球。
黎亞：我也是，下次我們可以一起打網球。
乃文：好啊，我很樂意。

句中原文	原形	詞性	中譯
temps	temps	陽性單數名詞	時間
libre	libre	陰陽同體形容詞	空閒的
lire	lire	第三組動詞	閱讀
des romans	roman	陽性單數名詞	小說
tennis	tennis	陽性單數名詞	網球
de temps en temps	de temps en temps	副詞	有時候
un match	match	陽性單數名詞	比賽
ensemble	ensemble	副詞	一起
fois	fois	陰性單數名詞	次、回
volontiers	volontiers	副詞	樂意的

1. 主詞+aimer（喜愛）+原型動詞，表示「喜歡」。

　　原文 Qu'est-ce que tu aimes faire?（你喜歡做什麼？）
　　活用 J'aime nager.（我喜歡游泳。）

2. Faire（做）+de+活動，表示「從事」、「做」。

　　原文 Je fais du tennis.（我打網球。）
　　活用 Est-ce que tu fais du piano?（你彈鋼琴嗎？）

場景
2 action!

昆汀看馬克在忙，於是
隨口問問他在做什麼。 **04-36**

MP3

D i a l o g u e

Quentin : Salut Marc, qu'est-ce que tu fais?

Marc　　: Je suis en train d'accorder ma guitare.

Quentin : Ah ! Tu aimes la musique.

Marc　　: Oui. J'aime bien. J'apprends

Quentin : J'aimerais jouer de la guitare.

Marc　　: On peut apprendre ensemble si tu veux.

第
4
堂

會
話
課

昆汀：嗨，馬克，你在做什麼？
馬克：我在調整吉他的聲音。
昆汀：你喜歡音樂啊！
馬克：是啊，我很喜歡，我在學。
昆汀：我想彈吉他。
馬克：如果你想的話，我們可以一起學。

會話關鍵字

句中原文	原形	詞性	中譯
en train de	en train de	片語	正在
accorder	accorder	第一組動詞	使…一致
la guitare	guitare	陰性單數名詞	吉他
apprendre	apprendre	第三組動詞	學習
jouer	jouer	第一組動詞	玩

關鍵文法

1. 主詞+être en train de+原型動詞，表示「正在」。

   原文 Je suis en train d'accorder ma guitare（我正在調整吉他的聲音。）

   活用 Paul est en train de préparer le dîner.（保羅正在準備晚餐。）

2. jouer（玩）+de+樂器，表示使用某種樂器。

   原文 J'aimerais jouer de la guitare.（我想彈吉他。）

   活用 Il sait jouer du piano.（他會彈鋼琴。）

3. Si tu veux.（如果你要的話。）表示建議或邀約，是句實用的口語表達。

場景
1

黎亞要搬家了，一位
不熟識的朋友馬汀要
來幫忙。

04-37

Dialogue - - - - - - - - - - - - - - - ▶

Léa　　　: Tu te rappelles de Martin?

Quentin : Heu, non je ne me rappelle pas de lui.

Léa　　　: C'est le frère aîné de Béatrice.

Quentin : Ah oui ! Celui qui est grand et costaud.

Léa　　　: Oui, c'est lui. Il vient nous aider à déménager.

Quentin : Ah bon? Tu le connais bien?

Léa　　　: Non, je connais seulement sa soeur, Béatrice.

Quentin : C'est très gentil de sa part de venir nous aider.

Léa　　　: Oui, il est très sympa.

Quentin : On l'invitera au restaurant pour le remercier.

Léa　　　: D'accord. Il dîne avec nous ce soir.

第
4
堂

會
話
課

會話情境

黎安：你記得馬汀嗎？

昆汀：呃，我不記得馬汀。

黎安：就是貝雅堤絲的哥哥啊。

昆汀：啊，對哦，又高又壯的那一個。

黎安：對，就是他，他來幫我們搬家。

昆汀：是嗎？你跟他熟嗎？

黎安：不熟，我只認識他妹妹，貝雅堤絲。

昆汀：他人真是友善，來幫我們搬家。

黎安：是啊，他人很好。

昆汀：我們邀請他去餐廳答謝他。

黎安：好，今晚他和我們一起吃飯。

會話關鍵字

句中原文	原形	詞性	中譯
te rappelles	se rappeler	代動詞	記得
le frère	frère	陽性單數名詞	兄弟
aîné	aîné	陽性單數形容詞	年長的
costaud	costaud	陽性單數形容詞	壯碩的
déménager	déménager	第一組動詞	搬家
connais	connaître	第三組動詞	認識
seulement	seulement	副詞	只、僅僅
soeur	soeur	陰性單數名詞	姐妹
gentil	gentil	陽性單數形容詞	友善的
part	part	陰性單數名詞	部份
sympa	sympa	陰陽同體的形容詞	親切友好的
remercier	remercier	第一組動詞	感謝

 關鍵文法 │

1. 主詞+se rappeler+de+人事物，表示「記得」。

    原文 Tu te rappelles de Martin?（你記得馬汀嗎？）

    活用 Je ne me rappelle pas de son nom.（我不記得他的名字。）

2. Celui qui（就是那個…）指稱某一男性，Celle qui則指稱某一女性。

    原文 Celui qui est grand et costaud.（就是那個又高又壯的。）

    活用 Est-ce que c'est celui qui était là hier?（是那個昨天在這裡的那位嗎？）

3. C'est très gentil de sa part de+原型動詞，表達對於某人做了某件事而感到感激，形容詞可更換表達其它種情緒。

    原文 C'est très gentil de sa part de venir nous aider.（他人真好來幫我們。）

    活用 C'est très méchant de ta part.（你這樣做真壞。）

會話補充 │

1. Un inconnu（陌生人）

2. Une connaissance（點頭之交）

3. Un(e) ami(e) très proche（親密的朋友）

4. Un(e) ami(e) d'enfance（兒時的朋友）

19. 主題│人際關係

場景 2 action!

乃文被邀請黎亞的父母親家做客。

04-38

D i a l o g u e - - - - - - - - - - - - - - - - - - ➤

Naïwen	: Bonjour.
La mère de Léa	: Soyez la bienvenue. Entrez.
Naïwen	: Ça sent très bon !
La mère de Léa	: J'espère que vous aimez les spécialités alsaciennes.
Naïwen	: Voilà, un petit souvenir de Taïwan.
La mère de Léa	: Merci mais il ne fallait pas ! C'est du thé. Merci beaucoup !
Naïwen	: Ce n'est rien. J'espère que ça vous plaira.

乃文　　　：您好。

黎亞的母親：歡迎光臨，請進。

乃文　　　：好香啊！

黎亞的母親：我希望您會喜歡阿爾薩斯省的料理。

乃文　　　：這是台灣來的小紀念品。

黎亞的母親：啊，你太客氣了！是茶葉，非常謝謝！

乃文　　　：這不算什麼，我希望您會喜歡。

會話關鍵字

句中原文	原形	詞性	中譯
entrez	entrer	第一組動詞	進來
sent	sentir	第三組動詞	聞
les spécialités	spécialité	陰性單數名詞	特產
petit	petit	陽性單數形容詞	小的
souvenir	souvenir	陽性單數名詞	紀念品

關鍵文法

1. Soyez la bienvenue.（歡迎光臨。）若對象是一群人則要說
"Soyez les bienvenus."，若對象是一群女生則說"Soyez les
bienvenues."。

會話補充

1. Un petit cadeau（小禮物）

2. Ne sois pas gêné(e).（別不好意思。）

3. Faites comme chez vous.（當自己家。）

第**4**堂

會話課

20.

主題│浪漫約會

場景 1 action!

馬克對乃文有好感約
乃文吃晚餐。

04-39

MP3

Dialogue

Marc : J'ai réservé une table dans un bon restaurant.

Naïwen : On y a.

Marc : Tu es très charmante ce soir.

Naïwen : Toi aussi. Tu es beau.

Marc : Je me sens bien avec toi.

Naïwen : On s'entend bien.

Marc : Je te ferai un repas la prochaine fois chez moi.

Naïwen : Oui, je veux bien.

馬克：我訂了一家很棒的餐廳。

乃文：我們走吧。

馬克：你今晚好迷人。

乃文：你也是，你很帥。

馬克：我很喜歡和你在一起的感覺。

乃文：我們還蠻合的。

馬克：下次你可以來我家，我做菜給你吃。

乃文：好哇，我很樂意。

會話關鍵字

句中原文	原形	詞性	中譯
réservé	réserver	第一組動詞	訂位
une table	table	陰性單數名詞	桌子
charmante	charmante	陰性單數形容詞	迷人的
s'entend	s'entendre	代動詞	相處
un repas	repas	陽性單數名詞	一餐

關鍵文法

1. 訂桌的表達方式：réserver une table

   原文 J'ai réservé une table dans un bon restaurant.
   （我訂了一間不錯的餐廳。）

   活用 Je vais réserver une table pour l'anniversaire de Naïwen.（我來訂餐廳慶祝乃文的生日。）

2. 形容詞的陰陽性：由主詞的陰陽性與單複數來決定，乃文是陰性單數所以使用charmante（迷人的）的陰性單數型；beau（帥氣的）為陽性單數形容詞修飾馬克。

第**4**堂

會話課

327

3. 主詞+se sentir bien avec+某人，表示「與…在一起心中覺得」。

原文 Je me sens bien avec toi.（我喜歡和你在一起的感覺。）

活用 Marc se sent bien avec Naïwen.（馬克和乃文在一起時很開心。）

4. 主詞+s'entendre+bien+avec+某人，表示「與…相處得」。

原文 On s'entend bien.（我們相處得很好。）

活用 Tu t'entends bien avec ton copain?（你和你男友處得來嗎？）

5. ferai（做）是faire的未來式。

原文 Je ferai un repas pour toi la prochaine fois.（我下次做菜給你吃。）

活用 Tu feras mieux la prochaine fois.（你下次會做得更好。）

6. 意願的表達方式：主詞+vouloir（要）+bien。

原文 Oui, je veux bien.（好，我很樂意。）

活用 Je veux bien y aller.（我很想去。）

 會話補充

1. Je t'aime.（我愛你。）

2. Je t'aime bien.（我蠻喜歡你的。）

3. Je t'aime beaucoup.（我很喜歡你。）

馬克忍不住問乃文願不願意與他交往。

04-40

MP3

D i a l o g u e

Naïwen : C'est agréable de sortir avec toi.

Marc : Merci. Est-ce que tu es avec quelqu'un?

Naïwen : Non, je suis célibataire.

Marc : Tu veux sortir avec moi?

Naïwen : Je ne sais pas. Je ne te connais pas assez bien.

Marc : D'accord. Je comprends.

第 **4** 堂

會 話 課

會話情境

乃文：和你在一起真開心。
馬克：謝謝。你和誰在交往嗎？
乃文：沒有，我單身。
馬克：你想和我交往嗎？
乃文：我不知道，我還不夠認識你。
馬克：好吧，我瞭解。

會話關鍵字

句中原文	原形	詞性	中譯
agréable	agréable	陰陽同體形容詞	舒服自在
sortir	sortir	第三組動詞	出去
célibataire	célibataire	陰陽同體形容詞	單身
savoir	savoir	第三組動詞	知道

關鍵文法

1. C'est agréable de+動詞，表示對於做某件事性心中感到舒服與
   自在。

   原文 C'est agréable de sortir avec toi.（和你出來真是自
   在。）

   活用 C'est agréable de ne rien penser.（什麼都不想真是舒
   服。）

2. 交往的表達方式：sortir avec+某人 或 être avec+某人。

   原文 Est-ce que tu es avec quelqu'un?（你和誰在交往
   嗎？）

   原文 Tu veux sortir avec moi?（你想和我交往嗎？）

   活用 Elle n'est plus avec Marc.（她和馬克不在一起了。）

   活用 Vous sortez ensemble?（你們在交往嗎？）

法語口語短句補給站

★Ça m'inquiète. 這件事讓我有點擔心。

★Ne t'inquète pas. 你別擔心。

★C'est très intéressant. 真有意思。

★C'est drôle. 這好好笑哦！

★C'est ennuyeux. 真無聊！

★Ça fatigue. 真是累人。

★Attendez-moi! （你們）等等我！

★Qu'est-ce que c'est beau! 好美啊！

★C'est magnifique! 太精彩了！

★Ce n'est pas bon! 這不夠好！

★C'est mal fait. 這個做得亂七八糟的。

★Ça va pas! 這不行！／這不適合！

★C'est nul! 糟透了！

第 **4** 堂

會話課

331

法語口語短句補給站

★Bonjour, ça va? 你好嗎？

★Comment ça va? 你好嗎？

★Ça fait longtemps. 好久不見。

★Ça fait un bail. 好久不見。

★Qu'est-ce que tu deviens? 你變得怎麼樣了？

★Qu'est-ce que tu fais de beau? 你在做些什麼事？

★Je suis perdu(e). 我迷路了。

★Je ne connais pas le chemin. 我不知道怎麼去。

★Je ne sais pas où je suis. 我不知道我在哪裡。

★On demande aux gens? 我們問人吧？

★Je me suis trompé(e) de rue. 我找錯路了。

★Excusez-moi, je cherche... 不好意思，我在找…。

★Je suis libre ce soir. 今天晚上我有空。

法語口語短句 補給站

★ Je dois y aller. 我必須走了。

★ Il y a quelqu'un? 有人在嗎？

★ Il y a quelque chose qui ne va pas. 事情有點不對勁了。

★ Il y a un problème. 有問題了。

★ Il y a un tremblement de terre. 地震了。

★ Il fait chaud. 天氣很熱。

★ Le temps est agréable. 好舒服的天氣。

★ Il fait mauvais. 天氣不好。

★ fait gris. 天空陰沈沈的。

★ Tu as faim. 你餓了。

★ Elle a soif. 她口渴了。

★ J'ai froid. 我覺得冷。

★ Il est minuit. 現在是晚上十二點。

第 **4** 堂

會話課

法語口語短句補給站

★ Il est midi. 現在是中午十二點。

★ Il est dix heures et quart. 現在是十點十五分。

★ Quelle date sommes nous? 今天幾號？

★ Quel jour sommes nous? 今天星期幾？

★ Tu as bonne mine. 你氣色很好。

★ J'ai mal au dos. 我背痛。

★ Elle a mal aux jambes. 她的腿在酸痛。

★ Où as-tu mal? 你哪裡在痛？

★ Je suis fatigué(e). 我很累。

★ Je suis épuisé(e). 我累到不行了。

★ J'ai des nausées. 我想吐。

★ Le métro est bondé. 地鐵很擠。

★ La métro est en panne. 地鐵故障。

國家圖書館出版品預行編目資料

圖解法語王—4天學會基礎法語／鄧繼宣著.
-- 初版. -- 臺北市： 我識, 2011. 06
　　面； 公分

ISBN 978-986-6163-23-4（平裝附光碟片）
1. 法語 2. 詞彙　3. 會話

804.58　　　　　　　　　　100008161

書名 / 圖解法語王—4天學會基礎法語
作者 / 鄧繼宣
審訂者 / 喬鹿Louis Jonval
插圖 / 灰階
發行人 / 蔣敬祖
副總經理 / 陳弘毅
總編輯 / 常祈天
主編 / 戴嬿凌
執行編輯 / 蔡詠琳
美術編輯 / 彭君如
內文排版 / 果實文化設計
法律顧問 / 北辰著作權事務所蕭雄淋律師
印製 / 源順印刷有限公司
初版 / 2011年06月
出版 / 我識出版集團—我識出版社有限公司
電話 / (02) 2345-7222
傳真 / (02) 2345-5758
地址 /台北市忠孝東路五段372巷27弄78之1號
郵政劃撥 / 19793190
戶名 / 我識出版社
網址 / www.17buy.com.tw
E-mail / iam.group@17buy.com.tw
定價 / 新台幣 349 元 / 港幣 116 元（附1MP3）

台灣地區總經銷 / 采舍國際通路
地址 / 新北市中和區中山路二段366巷10號3樓

港澳總經銷 / 和平圖書有限公司
地址 / 香港柴灣嘉葉街12號百樂門大廈17樓
電話 / （852）2804-6687　傳真 / （852）2804-6409